在我成为独行侠之前

宇华——著

江苏凤凰文艺出版社
JIANGSU PHOENIX LITERATURE AND ART PUBLISHING, LTD

图书在版编目（CIP）数据

在我成为独行侠之前 / 宇华著. -- 南京 : 江苏凤凰文艺出版社, 2019.11
ISBN 978-7-5594-2648-2

Ⅰ. ①在… Ⅱ. ①宇… Ⅲ. ①散文集 – 中国 – 当代
Ⅳ. ①I267

中国版本图书馆CIP数据核字(2019)第192640号

在我成为独行侠之前

ZAI WO CHENGWEI DUXING XIA ZHIQIAN

宇华 著

责任编辑　唐　婧
出 版 人　张在健
监　　制　邓　理
策划编辑　付　婷
装帧设计　山川制本@ Creal x 宇华
内文设计　宇华 x 张娅君
出版发行　江苏凤凰文艺出版社
　　　　　南京市中央路165号，邮编：210009
网　　址　http://www.jswenyi.com
印　　刷　湖南天闻新华印务有限公司
开　　本　150mm × 210mm 1/32
印　　张　9
字　　数　210千字
版　　次　2019年11月第1版
印　　次　2019年11月第1次印刷
书　　号　ISBN 978-7-5594-2648-2
定　　价　42.80元

择日再见
[Till the day we meet again]

在我成为独行侠之前

WERELD JAMBOREE
1937
NEDERLAND
GELDIG TOT EN MET 31 DECEMBER 1937

Hotel
BELGRAVE
CASTLE RO
PARK AVENUE
Sailing Club
BATH ROAD
MARINE PARADE
Tennis Courts
Bowling Club
ESPL
Park
Metropole
Espla

Chapter 01 独

chapter 02

行

Chapter 03

侠

Auld Lang Syne

尾声 后记

and emphasis of tips are added later.
all be represented in plain
more uniform
of curvature in stems and cross-bars, &c.
of the plate, are some simple adaptation
and further appears under the altered
time) as in the word Christmas, and of contraction
Greetings where the letters are thinner. It may be used
The Alphabets for professional purposes
in the first place a good sloping series,
a very distinctive appearance.
The picturesque
Copy-
TECHNICAL POINTS
tribes in general. Lastly, by Japan in common
employed, i.e. by all to whom expert
deepest sense.
what the child asks for, ever delights in by its

Chapter 01

第一章

独

KODAK PORTRA 800-2
32

BATEAUX-MOU

不眠之人
与其不眠之处

【a】

我的公寓在伦敦金丝雀码头附近，十二楼，房间窗台对着的是浩浩荡荡、高耸入云的金融城，再远点便是密密麻麻的高层公寓。不止一次，辗转难以入眠的晚上，我便百无聊赖地盯着外头。看着远处的万家灯火一盏盏变暗，熄灭。少许几盏彻夜亮着，里头待着跟我一般的不眠之人，一同等漫长的夜晚消耗殆尽，然后日光铺满崭新的晨早。

【b】

从上一个工作离职的那天晚上，约了几个熟识的友人与同事到伦敦东区的一个酒吧，说散伙也罢，怎么着都是冠冕堂皇地找个理由在周末来临之前喝一杯。店家打烊后我们从酒吧所在的小巷子里出来，入了夜的伦敦从桀骜不羁变得温驯而乖巧。我们几个头脑一热在街旁的自动租车点租了几辆自行车，沿着凌晨的泰晤士河一圈圈地兜。争取多拉几个夜客的黑色出租车从身旁呼啸而过，我们几个迎风唱着年少时朗朗上口的口水歌。初秋的伦敦早已起了冷意，风顺着衣领嗖一声灌进胸膛。

【c】

苏珊家是我们楼里，房子的光亮在夜晚从不会暗下去的一间。

还未相识之前，我留意到她夜晚留的灯并不是特别的显眼，估计就是一盏台灯，或是落地灯，昏暗的窗户镶嵌在一面黑漆漆的大楼外墙之中。苏珊是个吃透了长夜的人，准确来说是个星象师。常年的日夜颠倒，使她的生物钟早已习惯了在黑夜里活跃着。相识之后我若是睡不着，一半时间都会串门去她家，她也总会给我冲杯滚烫的柚子茶，拿两三块小麦饼干。苏珊话不多，我俩就静静地坐在落地灯旁，也不会尴尬，无论是万里无云，或是乌云密布，她都披着漫长的黑夜，静静地等着。

似乎为了挽回一点圣诞的节日气氛，今年大街上的圣诞灯饰老早就亮了起来，重复使用了多年而陈旧的彩灯，孜孜不倦地被悬挂在街角的上空。偶尔几个钨丝被烧断，灭掉的灯泡孤零零的，在一片的霓虹烟囱之中暗了下去。像极了当年信誓旦旦会念念不忘，如今却怎么也想不起来的旧时好友。

【d】

苏格兰的夜静谧得瘆人，开膛手杰克的故事若是发生在爱丁堡高低不平的山坡巷弄里，绝对是毫无违和感的。学生时代的我课后还在外卖店里打工，下班走回家已是接近深夜两点了。路上偶尔走过几个三两结伴从打烊的酒吧走出来的年轻人，借着酒劲儿有说有笑。不远处一个步履蹒跚的老妇人慢慢独自前行，她手里攥着个似乎重量不轻的黑色帆布袋。毛毛雨在路灯的昏黄下，尤为清晰，丝丝缕缕，顺着风的方向朝一边落下。老妇人在灯柱旁的马路牙子上坐了下来，歇歇脚，片刻后便继续起身独行。

快到宿舍的时候，看到巷子里一只流浪狗蜷缩在车轮旁边眯眼打战，我走过去看看它是否还好，刚想蹲下它就惊慌跑走。

大抵这个城市都没有我们的家吧。

断了电的房间

"啪嗒，啪嗒。"

到家之后我来回按了几次走廊吊灯的开关，隐约看到钨丝闪了一下，然后便再也没有任何反应了。我打开手机的电筒，顺着光打开壁橱去查电表，上面显示着：-£0.25。一月有余没充电卡，欠费了。住所是英国老式公寓，天然气和电都要定时往卡里充钱。不止一次把这事给忘得一干二净，曾在大冬天里，洗澡的时候顶着一头泡沫热水突然变成冷水。只能自拍脑门，自个儿怄气。

我把电卡抽了出来，顺手换了双舒服点的球鞋，从钱包里掏了张二十镑的纸币，下楼试图寻找还在营业能充电卡的便利店。

今晚从公司加班出来已经是后半夜了，乘着夜班双层巴士顶着瞌睡回家。夜晚路上车辆甚少，连横跨泰晤士河的那几座白天必堵无疑的大桥都畅通无阻。车上没几个人，若没人按下车铃的话，一连好几个站呼啸而过也不足为奇。巴士司机使了劲地踩油门，有那么几刻我都觉得快要起飞了。没准罗琳就是坐了伦敦的夜班巴士，才有了怪点子写出《哈利·波特与阿兹卡班的囚徒》开头的那辆魔法巴士。下车后我看到巴士站有个看着像二十出头的年轻女生，捧着个纸盒子，里头装满了一盆盆小的多肉和仙人掌。她试图跟我讲话，我也不确定，当时我脑子里只想回家洗个澡然后躺平，礼貌性地点了个头便往家里奔。

在附近街区绕了好几圈都没发现还在营业的便利店，一家家都灭了灯把门牌翻成“closed”。英国人“懒”得很，大多商场超市都在傍晚七八点的时候准时关门，酒吧与私营的便利店大多也在午夜便草草打烊。如今两点半，应该没什么可能性充上电卡了，苦恼着得面对一夜无电的漆黑公寓。路过巴士站的时候瞥见那个抱着纸盒的女生仍旧坐在那儿。

“等的是哪一躺？”我凑近问了句。

估计她在走神，吓了一跳。或许也困了，明显看到她的眼睛有红红的血丝。

“等哪趟巴士吗？”我又问了一遍。

“并不。”她答道，“并没有在等车，我在看看有没有人买盆栽。”

我这才发现纸盒子上歪歪扭扭地用马克笔写着“大的五镑，小的三镑”。

她的脚边上有个半人高的双肩包，和一个捆起来的睡袋。不言而喻，她应该是个因某种原因暂时无家可归，露宿的流浪者。我挑了盆多肉和一盆仙人掌，一大一小。随后把口袋里的那二十镑给了她，她接过纸币，掏出零散的硬币给我找零。

“不好意思，零钱可能不太够，今天还没卖出任何东西，你是第一个。”她有点窘迫地看着我。

手机屏幕亮了一下，提示剩余电量百分之十。每个人都是一个三壁一窗的水泥盒子，说不定哪天就会冷不防地断电，无奈却又无法续上。我们，说不定都一样。

“没事，晚安。”我对她说。

晚安。

海里睡人

嘿。

距离上一次咱们见面，少说也有五六年了。

上次见面是在一个广式茶餐厅，约在你的公司附近。没有说刻意要去碰面，刚好在你工作的城市出差，就借着你午休的时候吃顿饭。你匆匆赶到的时候已经距离约定时间过去一个小时了，其间我喝掉了一壶茶，吃了一笼虾饺，一盘蛋挞。工作日的这个点整个茶楼里也没几个年轻人，一桌桌的都是退休老人在那儿唠嗑，打发时间。

“叉烧肠粉、烧卖和萝卜糕？”我问你。

“成。”你说，因为迟到一脸歉意，“还记得哦？”

“脑子还好使。”我笑了笑。老实说，能记住的事情也就那么两三样。

“这次回国待多久？”你问。

出国这么些年了，这几年每年基本都会回国一两次，但是和你再次碰面是头一次。

“明天就得回伦敦了。”

那顿饭持续了四十分钟左右，无非说说近况，侃侃过去。临走时你执意买了单，还推荐了间书店说下午得空了可以去看看。算算，如今距离“我们”的日子，也有十年了。轰轰烈烈的北京奥运会和全球金融危机也过去十一年了。

昨晚好友在微信上给我发来几张在冰岛拍的极光的照片，我一边感叹其壮丽恢宏，一边被友人打趣：“早约你，不来，后悔了吧？”无论是工作还是私下，不止一次，有机会去冰岛转转，我都决定不去了。总想着多年前的一个誓言，一起去冰岛看极光，指不定哪天就成了呢？

记不清是哪年我过生日，我们约好去唱歌，没别人就咱俩。那年头的KTV低消还没有那么吓人，买个一打啤酒就管唱一整晚了。我们吭哧吭哧地把一整打啤酒都喝光了，当然，大部分都是我喝掉的。回去的出租车上，我把车窗摇了下来，好让风灌进来醒醒脑子。你提醒说别吹风，撞胸膛里容易恶心。果不其然，那天晚上吐得跟个傻子一样。那会儿，我们每天都挺乐呵的，傻乐。

我写了篇东西叫《夜的苏格兰》，里面有一段讲的是某年跨年在爱丁堡的王子大街上，来不及与朋友碰面的我独自站在零点的钟楼下，一遍遍不厌其烦地拨打你国内的手机号码，没通。后来我把文章放到网上，收到了大家大段大段关于他们的小故事。这阵子听到了陈奕迅的一首歌，《海里睡人》，海里睡人，多诗意。

“消失于胸怀，悠然自在。”他唱。

伦敦最近降温也很厉害，又是快跨年了，四周都是霓虹闪烁。

决定来年开春稍稍暖一点就去冰岛走走，一个人。

披着黑夜的人

从外卖店收工到家估摸也快子夜一点了。

在苏格兰住的最后一年我从合租的房子里搬了出来，找了套旧式的小公寓自己住。

几乎每晚都会掐准点在房间窗台坐上一阵子，点根烟，老公寓的烟雾报警器大多都年久失修，我猜十有八九失灵了，从来都没有响过。晴朗的夜晚就一定会看见远处有一架夜机扑闪扑闪地往西南方向飞，这是我一年多前搬进这间公寓后无意发现的。估计是从爱丁堡起飞，不知目的地是何处。路上基本没什么行人了，偶尔一两辆夜归的车从房子边上的公路呼啸而过。隔三岔五会有喝大的醉汉在楼底下嚷嚷，或者精力过剩的几个小年轻会大半夜在路上踢起足球，那兴奋劲毫不逊于一场联赛。每每这个时候，隔壁的麦肯锡太太都会打开窗冲楼下吼上两句，无非就是“脑子丢掉啦”“都几点了，滚回家睡觉”，时不时夹杂几句地道苏格兰口音的脏话。

麦肯锡太太瞄到边上的我在窗台，仰着下巴笑笑，冲我打个招呼，低声地说句："亲爱的，你也该去睡了。"我都会跟她比个"OK"的手势回应。

老公寓是一梯两户式的，跟我一层的隔壁间住了两个人，麦肯锡老夫妇。

我搬进来那周便认识他俩了，麦肯锡太太帮我收了个包裹，在我的门缝里留了张小纸条。回家后我看到便去敲他们家门，老太太一个劲地邀我到她家喝杯茶。我住的那间公寓应该是翻新过，安了木地板，中规中矩地放了一套宜家基本款的家具。老两口约莫在这儿住了有些年头了，老式的印花地毯和墙纸，皮沙发上的褶子感觉一个瘦骨嶙峋的人往上面一坐便能绷开一条缝。当然，我觉得喝茶只是个形式，目的是"查户口"。八卦起来，满世界的老太太都是一个样的。姓名，年龄，职业，感情状况，家长里短都问个遍。我没好意思问他们年龄，看着至少得有七十了。麦肯锡老爷子话很少，估计多少也想在麦肯锡太太讲话的时候意思意思附和一下，所以经常会在莫名其妙的时刻呵呵地笑两声，发现不对劲又一个劲儿地用咳嗽带过，顺势推推架在鼻梁上的老花眼镜。

搬进来的那段日子里，我从外卖店下班都会外带一小盒炸春卷，到家的时候，隔壁的灯多半都还是亮着的，能隐约听见电视机播报夜间新闻的声音。进门前我都会把炸春卷送到他们家，老太太爱吃。他俩也会经常帮我收收包裹和信件，把楼道打扫得干干净净。一来二去就和他们熟悉了起来。

对面楼搬进来了个男生。

我坐在窗台发呆的时候，整个城市都入眠了。对面楼唯独他一家在凌晨两三点依旧亮着暖黄色的光。他家厨房正对着我房间窗台。大部分夜里，他都会穿着白背心灰短裤在厨房煎蛋。无意识地，我便默默地观察了起来。他的步骤都是热了锅之后，往里头倒油，打两颗蛋。吐司机里放两片白面包烤着，从冰箱里面拿出一盒黄油。烤好的面包叮的一声跳起来，他慢条斯理地往烤面包片上抹黄油，一片抹完了之后给煎鸡蛋翻个面，等另一片面包，抹完鸡蛋也可以起锅了。他把锅放到水槽里，放上一点水，便熄灯走出厨房。

我的房间只有昏暗的床头小灯是亮着的，他也从来没发现过我。

那天下班回家我径直走到浴室洗了个热水澡，出来的时候，眼镜雾气一片。早上洗掉的毛巾和换洗衣服搭在走廊的架子上，丝毫没有要晾干的迹象。来英国这么多年了，大多数老式公寓没有阳台这一点仍旧让我不太习惯。我顶着一头湿漉漉的头发，坐到窗台上吹吹风。

屋子里好几个烟雾报警器同时响起的时候我着实吓了一大跳，这玩意从来就没响过。我推开公寓的门跑到走廊上，发现并不只有我一家的烟雾报警器响了，走廊上，楼道里，隔壁房子，似乎整片小区都响起了报警声。我回到房间，想着兴许过会儿警报就会解除。

再次走到走廊的时候，看见麦肯锡夫妇边喊着“着火了”，边往楼下跑。我也跟着他俩来到楼下，院子里已经出来不少人，有打过几次照面的，也不乏完全陌生的脸孔，大家伙都小声讨论着警报响的缘由。英国人多多少少都有社交恐惧，每每电梯里碰见都会礼貌性地点个头，尴尬的笑容多多少少都透露出“拜托千万别和我说话”的讯息。消防车一刻钟不到便赶来了，麦肯锡老太太披着毯子抹着眼泪和消防员小哥说自己烧茶水的时候忘记关火了。

我拨了拨湿漉漉的头发，二月份的苏格兰仍旧冷得够可以，风一吹便忍不住哆嗦。对面楼的小哥蹲在马路沿，抱着个平板电脑在那儿涂涂画画，想必他们那栋楼的报警器也响了。

“你画得真好。”

“啊？”小哥一下没反应过来，一小阵子后才确认我在对他说话，回了声，“谢谢。”

我估摸他是我们艺术学院的校友，不在一个班，从未在学院碰见过他，我问：“插画系的？”

他草草地补上了几笔，按灭了平板电脑的屏幕，站了起来：“以前是，毕业好几年了。”

我调侃道：“哥们儿，厉害啊，警报都响成这样了，你还能淡定地在路边画画。”

“唉，没办法。”他笑着叹了口气，“明天截稿。”

我记得那天晚上我们相互自我介绍了，却怎么也想不起来他叫什么名字。好像是“杰米”，还是“丹尼”。麦肯锡老太太后来信誓旦旦地和我说他应该是叫“斯图尔”，不过照她那记性，也不太能全信。

麦肯锡夫妇家没啥太大损失，煤气灶烧坏了，厨房灶台黑了一大片，算是救得及时。我还是会隔三岔五地给老太太送炸春卷，她也每每都礼貌性地邀请我去她家喝杯茶。我大多数时候都是婉拒，也会常常笑她让她记得关火，别再把厨房给点着了。

还是习惯性地，每晚都在窗台上坐上一小会儿。

我看见对面楼的男生在楼下拿了沓打印纸，往路口和灯柱上贴。

“嘿，晚上好。” 我推开窗冲他喊了句，我至今都没搞清楚他叫什么。

“晚上好。”他回答，他十有八九也不记得我叫啥。

“怎么回事，你在大街上办画展吗？”我笑了笑。

“少来！有只黑猫昨天溜进我家了，看着不像流浪猫，帮它找找主人。”他说。

“真的假的？你等等，我下来抽根烟。”我随手披了件外套下楼。

打印纸上是他手绘的小黑猫，写着“丢失的主人”几个大大的字，下面附了张小黑猫的照片和他的电话号码。我拿起手机给他发了条短信：你邻居。

小半个月过去了，黑猫的主人都没有出现，他说除了我那条短信之外也没有别的短信和电话。他便自然而然地收留了小家伙，寻主人启事依旧贴在灯柱和拐角。若下课后不用去外卖店上班的话，傍晚时常会碰见男生在楼下院子里逗小黑猫，我和麦肯锡老太太也会加入，一坐便是一两个小时。

“给它起个名字呗。”麦肯锡老太太建议。

“没什么想法。”他说。

“煎蛋？或者吐司。”我接了句，象征性地解释了下偶尔会在窗台看见他每晚都在厨房里面做煎蛋吐司，不然多少都有点像个偷窥狂。

四月过了，院子里和大马路旁一溜绿植迟迟都没有发新芽，从去年九月一过掉了叶子便光秃秃到现在。

好多天没有见着麦肯锡夫妇了，平日里逗猫的时候也未见老太太身影。那天我特意打包了盒炸春卷去找老太太。敲了好一阵子门她才开，老太太跟我道谢了之后寒暄了几句。临道别的时候，她跟我说老头子过世了，急性中风进了医院，几天前在医院走掉的。她说葬礼在周天，安排在市中心的小教堂那儿，让我顺带也告知对楼的小哥。麦肯锡太太看起来平静得很，这岁数了，说不定早就做好了离开的心理准备了。我抱了抱她，答应一定到。

我衣柜里只有一套深蓝色的西装，此前没在英国参加过任何葬礼，上网搜了下葬礼的着装要求和仪式过程。后来想了想的确不太合适，便去商场买了套纯黑色的西装和领带，顺带给小猫买了个黑色的松紧带小领结。

那天上午我和小哥相约准时去到了教堂，他果真带上了小黑猫。我俩在教堂找了个角落坐了下来。亲友家属上台致悼词的时候，大多都很伤感，麦肯锡太太倒是跟我那天在公寓里见到的一样，平静得很。宗教仪式结束之后，我们都移步到了教堂后面的墓地。墓地是一小片森林，外头一圈颇高的松树，林子里半人高的灌木丛隔出了一条小道，分出不同区域。四下依旧全是光秃秃的枝丫，让我不自觉地感到沮丧。一个个墓碑错落有致地立在里头，个别墓碑前零零散散地放着花束，有新鲜的，也有几近凋零的。神父在念麦肯锡先生墓碑上的碑文时，麦肯锡老太太抹起了眼泪，随后越哭越伤心。葬礼仪式结束之后，我和小哥过去向麦肯锡老太太致哀。老太太鼻子擤得通红，看到戴了领结的小黑猫破涕为笑。

她一把抱过了小黑猫，在它额头上亲了两口。

“我的猫走丢了。”

我在外卖店上班时收到了小哥发给我的短信，言简意赅。

下班后我陪着他把我们那片区域都逛了个遍，连猫影都没看着半个。他印了沓寻猫启事，跟当时的寻主人没什么两样。只是题头“丢失的主人”换成了字号更大的几个红色字，“丢失的猫”。

小黑猫始终没有再出现，就像我们始终没有找到它的原主人。搬离苏格兰的前一阵子，我在拼命地赶毕业论文，整宿整宿地坐在书桌前敲键盘，几乎没有闲工夫到窗台上打发时间。无法知晓对楼的男生，是否仍在深夜里做煎蛋和吐司。

五月初，苏格兰大部分地区都下了场大雪，我来英国之后头一回看见在开春之后下雪。下雪的那日我在楼下车站碰见对楼的男生，我正好往学院赶。我冲他打了个招呼，他脸上瞬间露出热情的表情，冲我点了点头，但很快又不好意思地低下头，掏出手机，兀自站在那儿等巴士。

没记错的话，那是最后一次见着他了，日后说不准，至少直到如今是最后一次。

始终没好意思再去问他，叫什么名字。

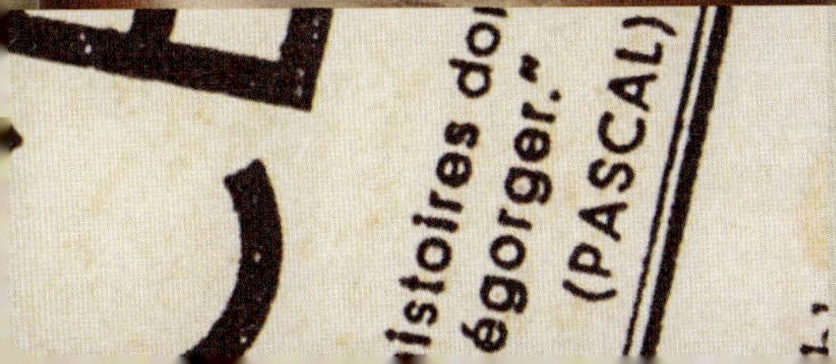
égorger."
(PASCAL)

七天
weekly Diary

七天

通常感冒到痊愈，至少需要七天。

【SUN】

伦敦在夏天最后几日回光返照的高温之后，骤然变得阴雨瑟瑟，入秋了。

醒来之后，发现鼻子和喉咙也不对劲，好吧，我也感冒了，就在礼拜天。老早就答应了死党洛伦今天要去哥伦比亚路市集给新搬的工作室淘点绿植，只好硬着头皮起床洗漱出门。到达市集的时候已经快中午，约莫一公里不到的小街上早就熙熙攘攘了。爵士鼓、低音大提琴和吉他艺人组成的三人乐队在街头悠悠地唱着，似乎企图用鼓点和迷人的嗓音来挽留将逝的夏日。洛伦手里捧着两杯咖啡，远远看到我就大喊我的名字。

洛伦是一位特别爽朗的苏格兰女生，两个大花臂文身。我是在苏格兰念书的时候认识的她，后来我们前后脚搬来伦敦开始了新生活。她老说，当初要是没有一个认识的人，压根儿就不会跋山涉水搬过来，但至少我还认识你。

当初的我们，在陌生的城市里，有且仅有彼此。

【MON】

从哥伦比亚花市带回来的向日葵被我插在露台上的瓶子里，假装夏天还在。

本以为大睡一觉之后感冒会好点，然而并未如我愿。擤得几近通红的鼻子，好像随时都在替可恶的病毒张牙舞爪。我的闹钟设定的是收音机电台，每天八点一刻便开始放送BBC电台的清晨节目，要么是音乐广播，要么是政论新闻。煎蛋的时候，收音机里放的是电光乐队的*MR. Blue Sky*，像是与窗外灰蒙蒙的天叫嚣着，多讽刺。

今年伦敦的夏天比去年来得更凶猛，即便如此，最高温度也不过三十摄氏度出头罢了，跟热带地区火炉般的城市是没法比的。有那么几天，可以看到公园草坪上躺满了试图尽最大努力多享受点日光的伦敦居民，老旧的地铁闷热而躁动，到处都能闻到烧烤与啤酒泡的味，还真是有那么几分像我老家的夏日。

【TUE】

从高地回来的朋友给我带了瓶袖珍的威士忌。

瓶子上烫印着麋鹿的角与罗蒙湖旁的山。

他得知我感冒后，戏谑道，鼻塞与烈酒最搭。

【WED】

好点儿了。

最近在整理一些旧物，筹备下个月搬家。并非有意为之，也道不清什么缘由，出国这些年来，主动或者被动，我似乎没有住在同一间公寓里超过两年。频繁地更换起居地与城市，隔三岔五地飞往各处出差，让我长期处于一种飘着的状态。就在高中毕业那会儿爸妈才搬了新家，不久我就去苏格兰念书了，七八年间回国次数并不多，因此对现在的家也并非多熟悉，甚至多多少少有点陌生感。起初我会把国外住的地方称为宿舍，同父母亲一起的才是家。但现在我会把生活与工作的城市的住所也称为家，比如伦敦。

未曾跟任何人提起过，但越来越强烈地感受到每次回国都是放假，兴奋期过了之后就会心虚，只有飞机降落在希斯罗机场，心里才会觉得踏实。对家的概念，也就越来越模糊。

嗯，或许这便是游子、漂泊与茫茫大洋。

【THU】

下班回来之后继续整理旧物。

翻到旧夹子里十九岁那年夏天在苏格兰中餐馆打工的对账单，与那年夏天从佛罗伦萨开往罗马的最便宜档次的列车票。车票的油墨已经褪得七七八八了，我凭借着城市的首字母才好不容易辨认出来。很怀念年少时期暑假花一半时间来拼命打工，剩下那一半时间用攒下来的钱去跋山涉水的日子。那会儿父母出于担心，希望我旅途能与友人结伴而行，然后我嘴上应着，却瞒着他们俩独自出行。我总觉得独行的时候，神经会绷得紧一点儿，更敏感一些，看到的东西也就更多了。前阵子读的一本书里写：英国的独生小孩，或者家庭里的老大，小时候总会有个imaginary friend，假想的友人。

我想，十九岁的那趟旅程我应该是有伴儿的，与我的那个imaginary friend。

【FRI】

鼻子不塞了，喉咙也不疼了，偶尔会咳嗽三两下。

来英国之后就养成习惯，总会在随身的袋子里放一本书。一开始很大程度上是因为行进中的地铁里没有任何信号，最近发现我的帆布袋子很久没洗了，放进去的书总会在书页一侧磨出浅浅的几道印子。挺好的，这样一来就能知道哪些是在路上看的了。

【SAT】

第七天了，感冒好似痊愈了，伦敦的夏天也随之远去了。

时隔七或八个钟点

很多东西是并不能用存在与不存在来定义的。

Guangzhou—Paris—Edinburgh，出发日期二〇一一年六月二十六日二十三点。我在一个深夜，从我十九年未曾远离的城市离开，来到苏格兰。

出国订机票的时候特意选择了深夜的航班，总觉得夜深了，亲人朋友们都会随着城市的鼾声入眠，然后我的脑袋或许也会进入休眠时刻，没有那么多有的没的想法。这回猜错了，我知道。那天在广州白云机场的候机室里我一直舍不得关掉手机，丝毫没有即将离开的感觉，手机里面塞的是一出境就会作废的SIM卡，一条条简讯，一通通电话中邪般涌了进来，在那一个多小时里屏幕未曾暗下。我死死盯着手机看友人们发来的简讯，没出息地在邻座高大的白人男生旁边红了眼眶。

二十二时四十五分，登机的时候关掉了手机，那会儿微信还不像如今如此普及，想到大家发向这个号码的短信再也收不到了，我才有一点要离别的感觉。

进入冬天之后整个人都会很没有存在感，时间像是被拧上了发条，瞬间加速。

大一那年我一有时间就跑去画室，对着那些做得棱角分明的石膏面孔不断地画，阳光一猛烈起来明暗的分界就变得异常明显，风从窗缝里溜进来，将地上的橡皮屑吹得到处都是。有时画累了便索性趴在窗台上晒着太阳睡觉。

我想起刚学画的时候，还不会用线条去排出深浅不一的明暗，只是傻乎乎地用手掌在素描纸上蹭出阴影，在不经意擦汗的时候把墨都涂到脸上，出门时被同伴看到抓拍了张照片，那张照片放进了行李箱我带到了英国来。

试过一个人在人潮汹涌的大街边上站着，着了迷地看眼前往来的人群，想象他们的身份背景，虚构他们生活里发生的故事。当然，不免会被来去的人用打量的目光看待，这没关系，反正我的一生，也未必能与他们碰上第二次。

头一回独自出国的那天，在飞机上坐的是靠窗的位置，机翼上的小灯扑闪扑闪。我打开了头顶的阅读灯，打算用一本随身带的小说将时间打发过去，没翻几页就看不进去了，盯着窗外一闪一闪的指示灯发呆，十二个小时的飞行漫长得很。

其实满脑子都是担忧。在陌生的国度，遇事了不能像国内一样打个电话就有死党出来把我领回去，碰到不会表达的句子也只能无助地比手画脚，冬天零下十几摄氏度怎么办？自己一个人做菜做煳了的话也只好硬着头皮啃下去。

然后在胡思乱想中睡了过去，醒来的时候因为耳机塞了一夜，耳朵直发痛，播放器早没电了。我透过机窗看到巴黎密密麻麻的小镇。在戴高乐机场听着空服人员带着浓重法国口音的英文教我转机，听不懂却不好意思再问一遍。买咖啡的时候因为还没能辨认形形色色的硬币在付款台前磨蹭了好久而满脸通红。离开不到二十四小时，我就开始想念了。

二〇一一年六月二十七号早上八点三十。

从爱丁堡机场走出来的时候打了几个喷嚏，这里的夏日仍有浓浓的寒气，我拖着行李走到有日光的地方等去邓迪的车。很久之前在网上看到一个帖子，说如果给十年前的自己发一条短信，一句话，你会说什么，我当时还假模假式地留言道：“成为一个熠熠生辉的你。”快十年过去了，似乎也并没有熠熠生辉，年少时的壮志凌云早就毫无影踪了吧。

我跨了半个地球来到这儿，过着比你们慢七或八个小时的日子。

我是怀旧而健忘的人，或许，我们都是。

往事琐碎，我用力一遍遍地去忆起，却又一次次地忘记。

London- 00:00 am

Beijing- 08:00 am

时差8小时.

虚度

TIVOLI HALLEN
TIVOLI HALLEN

虚度虚度

我抄起床头柜上的茶呷了一口，不禁皱眉。泡了大半夜的红茶，涩得舌尖发苦。

早就冷掉了。

一口气读完了肯·福莱特的一部小说 。按了下手机才发现已经深夜两点多了，意大利时间比英国快一个小时，这会儿伦敦子夜一点刚过，也约莫是我往日拖着疲惫的身躯打夜车从工作室往家里跑的时间了。我心中窃喜自个儿在口袋里偷偷多揣了一个小时。

上一次花这么大段时间酣畅淋漓地读完一部长篇小说已经是好几年前的事了。那会儿刚交完毕业论文，友人在苏格兰北边有个闲置的屋子，我二话不说拖了小半箱毛姆的集子在苏格兰高地渺无人烟的一个小房间，一本接一本看。完了就去林子里瞎晃，出了屋子手机什么信号都没有，我索性啥都不带，房子的门也无须关紧，稍稍掩起来留条缝就行了。大白天在林子边上的湖岸生个火。估计是与生俱来的怪癖，我很喜欢燃烧的木头的味道，让我想起儿时跟祖父祖母住一起的暑假，每日晨炊的味道。在山里头的那半个月就真的什么都没有干，就这么耗着。

结束了山里头的闲散时日之后，我就回到爱丁堡筹备搬去伦敦找工作，二〇一四年的冬天是我经历过的最冷的一个冬天。往年的初雪落到地面大抵也只能留下一摊脏兮兮的痕迹，显得坑坑洼洼，那年的初雪直接把整个小镇都染白了。我只记得那晚天特冷，窗户被因温差而形成的水珠雾成一片，刷社交软件才发现外头在疯狂降雪。我随意套了件外套便兴冲冲地往楼下跑。网上取笑南方人观雪的段子不无道理，不怕你笑，直到现在我每次看见下雪都觉得莫名兴奋，也每次都像个未见过世面的小鬼，屁颠屁颠地往外头冲。出门之后雪已经停得七七八八了。四下无人，我踩着铺了厚厚一层松软的积雪瞎晃。下过雪之后，周遭安静得很，踩在雪上发出嘎吱嘎吱的声音，一下下尤其清晰。

不争气地觉得，要是有个人一块聊会儿天就好了。

一下子，好几年都过了。

本以为，我再次到佛罗伦萨会分外雀跃兴奋。

今年开春之后伦敦的工作室突然间失控般地变得十分忙，需要制片和拍摄的项目一个接着一个，有时候甚至是两三个项目并行，一时间变得不知所措。早些年我但凡接到一个拍摄项目都会兴致勃勃地一遍遍打磨拍摄脚本，每一刻都充满了新鲜感。可如今接二连三没日没夜地拍摄，老实说，时而会心生厌烦。我很恐慌自己曾紧紧攥在手心的东西，被一点点，一点点地消磨殆尽。

飞机降落在佛罗伦萨机场的时候已经快九点半，早已饥肠辘辘了。回想起前一天还在工作室一刻不停地赶项目，凌晨顺利把成片上交之后便毫不犹豫地订了来佛罗伦萨的机票。那会儿的自己，就像一个红色的气球，一股脑地往里灌气，可以清晰地看到颜色从勃艮第色，变成正红，再后来被鼓成浅浅的一抹粉。随时都可能腾空，抑或来不及往上蹿，就炸得四分五裂。

在下榻的公寓稍作收拾我就赶紧出门觅食，佛罗伦萨的气温比伦敦高一点，十一月的伦敦已经毫不留情地转入丧气的氛围。公寓就在圣母百花殿边上，路过的时候正好是十点，钟楼在当当地报时。

熟悉得很。

没有兴奋与雀跃，也没有忙里偷闲的沾沾自喜，一切都是那么的熟悉。我甚至不用看手机导航，依旧能够在密密麻麻的高墙小巷中找到前往老桥的路。我是个出了名的路痴，此处并没有半点可爱的成分，只有贬义。曾经我在马拉喀什的大市集里迷了路，十来分钟的路程硬生生走了一个多小时也找不到返回的路，手机也好死不死耗尽了电，硬着头皮打了辆车去中央火车站，再顺着车站找酒店的路。路上被司机告知我徒步走到了另外一个镇，看吧，真没骗你。

过了老桥我依着模糊的记忆拐了几个弯，快到巷子尽头的时候我顿时松了口气，当年来过的一个餐馆还开着，只是灯牌的好几个字母都坏掉了。再者，我庆幸自己还能记着来的路。正如我在苏格兰山里头无所事事地干耗，我也曾在学生年代来佛罗伦萨瞎待过，一待就是两个月。年少的自己，边留学边拼了命地打工，但凡钱包厚一点点就往外头跑。不知天高地厚地在一个个城市耗着，干耗着。那是多么奢侈的岁月啊，“青春一定程度地浪费，才觉得珍贵”。

餐馆的店员早就换了一拨，或许好几拨。

我点了份黑松露配细长的意面，一份火腿，一份朱古力慕斯。

估计是快要打烊了，店里面就剩下我一人，上菜之后能隐约听见厨房传来窸窸窣窣的刷锅声，和碗盘的碰撞声。饭后我沿路返回公寓，过了老桥之后沿河不紧不慢地走着。阿诺河异常平静，没有半点风，一排昏黄的路灯在河面上倒映出干净清晰的镜像，这个城市，我又回来了，真好。

虚度的日子里，就理直气壮地好好虚度。

夜的苏格兰

【1】

早在几年前，我万万也没有想到会自己一个人跑到这么远的地方，就如同现今我也没有想到我会对过去的一切是如此思念。

尤其是你。

【2】

夜的苏格兰都是冷的，清静的。

之所以这么说，是因为只有冬天的苏格兰才拥有漆黑的夜。夏天的英国老早就被称作“日不落”的岛国，太阳一直坚持到晚上十一二点才肯落下去，估计是随便躲在某个角落而已，因为天依旧不能完全黑下去，只是变成很深很浓的蓝，没过几个小时它又忍不住跑出来了。所以说苏格兰只有冬天才有夜晚，夏天没有。

去年六月我刚来的头几天，由于时差问题整宿睡不着觉也是常有的事，我就这么坐在窗台前看着滚滚的云在零点时分摊开来，把周围涂暗，几个小时后云层又卷起来收到远处大海的浪花底下。

一到冬天，下午四五点开始，夜晚就嗖嗖地从各个不知名的拐角出来，瞬间将整个城市占据，那才是黑夜中苏格兰的真面目。冷风飕飕，就像一把锋利的弓，在低音大提琴的弦上奏起沉沉的鸣声。街上零散的烟头被吹着断续往前滚，细长的枝丫在风中张牙舞爪。

午夜过后雪就开始从半空中翻飞下来，屋顶，路牌，教堂外面大片的空地，窄窄的单行道，通宵停靠在路边打着转向灯等客人的出租车车顶都会被准时到来的白雪覆盖。路灯的黄光也变得微弱，整个世界变得朦胧。

好几次我在夜晚打工回来的路上，顶着迎面的大雪走着，路很黑，我从口袋掏出手机把屏幕按亮，暗了又再按亮。

海鸥在广场雕像旁边不停盘旋，咕咕地叫。手指被冻得发麻，只好放到嘴边哈几口热气。一个人的夜路上，哪怕一点点微弱的光，也会让我安心些许。

来苏格兰的第一年，我还是习惯在睡不着的时候搬张椅子坐在窗台前面，等天亮，或者天黑。

就在那些夜路上，我会突然地想起你。你不知道突然袭来的思念的力量多么强大，我轻轻咬着自己的舌尖理性地告诉自己：一个人也挺好的。

【3】

我自认为很多东西都是不能用存在或者不存在来定义的，好比大海。这是一个很愚昧的说法，海明明在那儿，干吗说不能用存在或者不存在来定义？

【4】

我心里总有一片广袤的海。

我试过在冬天还没天亮的凌晨四点，头脑一热就裹着大衣出门走到离公寓不远的泰河看阵阵海涛。隐约看见一两只天鹅安静地漂浮在河畔，不知道是还没醒，还是仍未睡。海鸥每次都会应景地叫起来，把静谧的夜稍微打破几道裂痕。寒冬里嘴唇很干，要是舔它的话又有可能会破裂。

眼前冰冷的海，把我与我的过去扯开渺远的距离。

【5】

那年的十二月三十一号约好了友人在爱丁堡的新年大街狂欢上跨年。

我下午天黑前就出门了，坐了一个小时列车之后，列车员检票的时候突然告知我上错了车，这是另一趟列车。我急急忙忙在下一站下了车。下车地方只是一个郊外工厂区的停靠站台而已，四下空无一人。我试图去寻找可以问路的人，沿途是一间间因放假而空荡荡的厂房。午后四点天就入夜了，我意识到苏格兰的夜一点儿也没有变得比较熟悉。我回到站台，生怕错过任何一辆往来的列车。友人的信息嘀嘀响个不停，烦躁的我一恼之下拨到静音。时间一个小时接着一个小时快速流逝，我依旧在站台上不停徘徊，黑夜渐渐变得更浓重。

多年前你老是念我，说我是路痴，是大头虾忘东忘西。我还自豪地以为我变了，如今在国外生活的我，无论被随机丢到任何语言不通，都是陌生人的城市，我都能形单影只地好好过下去。我以为。

最后我蹲在站台上，背靠着站牌的柱子，呼啦啦的冷风灌进衣领。

怎么如今的我就只是一个人呢？

【6】

辗转到达爱丁堡的时候已经是夜晚十一点多。

大街上挤满了成千上万狂欢的人，我一寸寸地向与友人约定的地点移动，根本无法赶在午夜之前相聚了。

我开始埋头尝试拨打一通通区号0086的电话，突然，围在钟楼下的人群欢呼起来，互祝新年快乐，一片欢腾，我甚至听不清新年的钟声。情侣们也在零点时分深深亲吻。

我并没跟着欢呼，只是一个人孤零零地站在广场的钟楼下，眼睁睁地看着秒针滴答一下指向数字十二。不远处璀璨的焰火在半空中绽开。我之前一直觉得我应该压抑着不去把过去的自己一遍又一遍翻出来，然后任由无尽的思念把那个自己鞭笞得体无完肤。

但我知道你在时差八小时的零点下，一同许下了愿望，那就安心了。嘿，我在想念你，时时刻刻。

我在想念你。

Lake District. UK

一列车，一湖，一人

结束了曼彻斯特的拍摄工作之后，我便拎着半人高的行李箱从皮卡迪利上了列车，往北。

即使穿了毛衣外套，也能明晰地感觉到风从领口灌进胸腔。大不列颠的秋季，更准确点说是初冬，突如其来地降临，没有任何预兆。半路便开始下雨，吧嗒吧嗒地拍打在列车车窗上，舟车劳顿的我靠着车窗几近睡着。

天渐渐暗了下来，列车驶近温德米尔小镇，稍稍能看到窗外一汪不太平静的湖面，倒映出列车微弱的光，那是我看见温德米尔大湖的第一刻。

到达下榻的民宿后，我稍作洗漱便很快睡去了，伴着雨声。

次日清晨，雨依旧淅淅沥沥下个不停，我这才看清窗外的湖区。离开伦敦前，我连轴转不停歇地工作了好几周的时间，像个瘪了的气球，耷拉在水泥森林里。跟公司执意请了几天的假，才难得地在湖区换来一个久违的自然醒。窗外不远处是一片葱郁的密林，再远点便是温德米尔湖，雨水和雾气将眼下深浅不一的青色浸染开来，亦如蒙上了一层薄薄的硫酸纸，光斑点点。

跟店家要了两块黄油面包、一杯咖啡，借了一把雨伞便踩着坑坑洼洼的湿路出门了。我沿着大湖高一脚低一脚地缓慢前行，果然生在英格兰的植物都早已适应了说来就来的初冬。松柏仍旧鲜绿欲滴，一朵朵不知名的玫红色小花盛着露水在湿润的空气中轻轻晃动。只有枫树不争气地投降了，红的红，黄的黄，极力脱离了枝丫顺势而落。

湖区的小镇里仍保留了维多利亚时期的蒸汽火车，当然，如今它的观赏性已远大于其交通性了。年近半百的老伯头戴格纹贝雷帽，一下下地往车头的炉子里铲煤，完了便吆喝着大家登车。蒸汽火车象征性地鸣了两声笛后，一路沿着广袤的湖畔缓缓开动。晃荡着的木头地板因陈旧发出摩擦声，每个座位后头都是掉了漆的手工刻制的座位牌。我推开车窗顶部，迎面而来的是一股呛鼻的煤烟味，糅杂在密密的雨露里。

自幼我的嗅觉就来得比听觉和视觉都要敏感，很多记忆都可以轻易地依靠嗅觉来埋藏在脑子里，比如故乡村里清晨的炊烟味，小时候住的大楼停电时蜡烛燃烧的味道，离家上学挤满人的客运车里的汗味和汽油味。彼时火车呼啦一下从湖畔呼啸而进密林之中。有那么一刻，我觉得下一秒列车便会停靠在罗琳笔下的霍格沃茨魔法学校旁。

傍晚时分，雨总算停了，天仍未完全暗下去，但镇上的小屋都迫不及待纷纷亮起暖黄色的灯。我挑了间稍显冷清的酒吧，点了杯啤酒和一份炸鱼薯条，坐在入口旁的板凳上，就着淡蓝色的霞光慢慢地吃着。老奶奶牵了条大金毛走了过来，拜托我顺便照看一下，她得进去喝一杯。金毛很乖，不动声色地坐在我身旁，目光随着往来的稀稀落落的行人与车晃来晃去。

嘿，真巧，我们都落单了。

BOAT
FOR
SALE
53373
Private
CKATE

Auld Lang Syne

"A wee journey back home."

我一个人，在苏格兰待了五年。

两周前，由于拍摄工作，时隔三年有余，我再次回到了苏格兰。

十九岁那年，我带着一个六十二英寸的大箱子，一个双肩包前往苏格兰一个叫作邓迪的小镇子留学，一待便是五年。当年我第一次出了爱丁堡机场，像只无头苍蝇一样在到达厅门口转着。六月的苏格兰约莫也就十来摄氏度，我只穿了件短袖T恤，在微凉的风中等了前来接机的师兄一个多小时。煞有仪式感地借用机场无线网络将微博名字改成"宇华在苏格兰"。

我与一同出差的同事提起，我对苏格兰的第一印象是：荒凉。从爱丁堡机场往邓迪的方向行驶了二三十分钟，愣是一幢宅子都没看见，四下都是一片片接壤的农场和高低起伏的山丘。能清楚看见零零散散分布的羊群在日光下优哉游哉地吃草，闲逛。第一次出远门的我突然觉得入坑了，当时我只是乐观地认为既然上了贼船，就要当个快乐的海盗，但并没有意识到，这个地方于我而言，竟然如此的重要。

这次工作拍摄的地方，是一个叫作Kinross的小镇，离爱丁堡大概四十分钟的车程。在客栈下榻安顿完，已经接近黄昏了。Kinross小镇像极了我之前待的邓迪，从镇中心的一头走到另一头也就一条长街两个拐角而已。麻雀虽小，五脏俱全。我与同事在镇上的小士多店买了份炸鱼，两罐啤酒便往湖边走。我们坐在湖边的草坪上有一搭没一搭天南地北地瞎扯，日落时分风渐大，湖面也变得不那么平静，再远点是一个湖心小岛，岛上有座小城堡，就那么孤零零地伫立在落日之下，觅食的海鸥应景地叫了两声。

余晖将跟前的那一大片芦苇都浸染成醉人的金黄色。

次日，与我们合作的羊绒工厂的负责人，把我们带到与他相识甚久的查理的小农场。

当摄影器材对准农场主查理的时候，能明晰地感觉到他有点儿怵，山羊群也被摄制组的阵仗吓得躲得远远的。有只年纪稍长的山羊若无其事地走了过来，歪着头蹭了蹭查理。

“她叫茉莉。”查理瞬间放松下来，“十六岁了，羊群里数她最年长。”

与我聊天的过程中查理注意到了我口音中的苏格兰腔，得知我在这儿曾待过五年之后，他打趣道：“It’s a wee journey back home, right? ”(wee是苏格兰方言，意为little)

“Aye.”我拍拍胸脯自豪地应着。(Aye也是苏格兰方言，意为“yes”)

随即哄堂大笑。

二〇一五年年头我在苏格兰度过了最后一个新年。

学生时期，整个学院只有我一个亚洲面孔，其余同窗大部分都是苏格兰人，他们老早就把我当成自己人了。不得不说苏格兰人真的都挺能喝的，跨年那天晚上与几个死党在我的小公寓里相聚，一次次举杯，也一次次见底。我们都知道过了春天，便会四散。零点过后，我借着酒劲，用磕磕巴巴的古苏格兰语跟大伙一起大声唱“Auld Lang Syne”，那是苏格兰每年新年的一个传统，意为“逝去已久的日子”，也就是我们熟知传唱的《友谊地久天长》。

即便如今我已经搬到伦敦好几年了，微博名还是叫作“宇华在苏格兰”。

时光已逝，一切如旧。

嗯，我一直都在。

de Gaulle
Joseph marie.
En vue d'une
Saint Auban,

kers
Ensignbus
ER 882
kers
Ensignbus
Crackers
UNK 129M

呼吸需要

【一】

客厅里大大小小十几个箱子孤立无援地耷拉在那儿，箱子上放了五个鱼缸。

最讨厌搬家了，我在心里头嘟囔。来英国已经接近八个年头了，我算了下，一共搬了七次家。

我伸手去够晾在头顶的裤子，家里的洗衣机坏掉了，手洗的裤子连续挂了两天裤脚处依旧能拧出水来。这两天我的鼻炎又发作了，伦敦的冬天来得很迅猛，毅然地在夏末把秋天给吞噬掉，骤然地大幅度降温。一碰上这样的鬼天气鼻子就会堵得慌。我使劲夸张地吸了几下，好让鼻腔能漏出一道缝隙来呼吸，可惜只是徒劳。

现在的我，只好半张着嘴呼吸着，像极了一尾待钓的鱼。

我走到客厅里，抽了几张纸巾后一下子倒在沙发上，试图将整个人陷进去，接着报复似的将擦完鼻子的纸团向垃圾篓狠狠地丢过去，它在篓沿上晃了几下后便义无反顾地掉在地上。我起身，弯下腰捡起那团造反的纸团。刚弯下的瞬间，想起他时常骂我的一句：“你这人就是，不肯放下面子，自命清高。”

拖鞋在湿漉漉的地上落下难辨的印子。

两年前的一个夏夜，准确来说是深夜一两点，被一阵拍门声吵醒了之后，我马上用被子将自己蒙得严严实实，可是最后还是忍不下去，随手抓了件衣服穿上，耐着性子，拖着未睡醒的身子走到门口。开门后便是他，头一回碰面，我第一眼留意到他的下巴有一小撮胡子，颧骨高高地隆起。

“兄弟，能借宿一宿吗？”他不好意思地抓了抓头发，“我是住在你楼上的，有三四个月没交房租，房东也够狠的，大半夜过来赶人。英国不是有法律保障，即使没交房租半年内房东也不能随便赶人啊。平时上下楼梯也见过你几次，寻思着你就住在这屋，过来求救。”

“哦，进来吧。”我半梦半醒，也没考虑太多，侧身将门打开好让他进来。我此前对他的印象是一片空白，可能碰见过，也没太留意。

他没有马上进屋，而是跑到楼上取行李，上上下下来回几趟，我的客厅就堆满了大包小包。我也没有闲着，接了一杯水递给他。

“谢谢，谢了。”我没有听错，他是连续说了两遍，“我叫阿杰，也可以叫我Jack，九二年生。”

“宇华，我叫宇华。”我很奇怪有人介绍自己名字的时候会加上自己的出生年份，于是我便说，“比你大一岁。”

我进房拿了条毯子给阿杰，说：“客房的床什么都没有，你今晚就睡沙发吧。”

“行，你去睡吧。”

第二天我起床之后阿杰人就不见了，可行李仍旧堆在客厅。后来我才知道他跑去找房间了，一连几天都是如此。到最后我索性跟他说，反正我这儿有间空的房子，让他在这里住下，就当是我俩合租的。虽说是合租，他也没怎么给过房租，嘻嘻哈哈地在混日子。跟我情况半斤八两，他也搬过很多次家，在英国大大小小的地方都短暂停留过，最后落脚伦敦。我本以为他是个文静的人，可是仅仅停留在“本以为”而已，他臭屁得很，明明年纪比我小，却偏要我喊他老大。

那次阿杰买了啤酒和下酒菜回来，我已经吃过饭了，他便自顾自地在客厅里吃，偶尔呷几口啤酒大叹一声，问我：“你说我像《水浒传》里头的人物吗？”

我没有理他，窝在沙发里拿着遥控器不停地换台。接着，他又坐在我旁边滔滔不绝地说起他的情史。突然，他停了下来，用手肘撞了撞我的肩膀，说：“喂，讲你的情史来听听，让我过过瘾。”

“没有。”我回答。

“蒙谁啊你，用得着藏那么深吗？来，讲来听听。”他又喝了一口酒，说。

“我哪有藏什么，没有就是没有。”我没想和他瞎搅和。

“暗恋总得有吧。”阿杰拿起啤酒喝下了一大口。

“懒得理你。”我顿了顿，再极力回想了下过往。

“这么说，情场上我确实算是你的老大。”他拍了拍我肩膀，得意地说，“来，叫声老大。”

每到秋天，我的鼻炎必定复发，鼻子堵堵塞塞的，难受得很。早些年在国内的时候并没这毛病，来英国几年之后便开始，大家都说这是花粉过敏，身边好几个朋友都得了这毛病。我只好整天半张着嘴呼气吸气。阿杰笑我像一尾鲫鱼。

“鲫鱼。”之后他每每看到我用嘴巴呼吸的样子，便这么叫我。都多大年纪了，还成天给人起外号。

【二】

大学毕业以后我一直找不到一份长久的工作，也没有心思在学校老老实实待下去，偶尔会有一两单摄影的小单子，不情愿却又无可奈何地加入了啃老族的大军。上次辞职之后我一直待在家里，我早已厌倦了每天反反复复地去见工，对着形形色色的人说一番虚伪的豪言壮语。同时，我又厌恶着至今还是一事无成的自己。

后来有朋友介绍我去他工作的酒吧拍照，工作时间由晚上八点到凌晨三点，工资待遇还不错。一开始，我连考虑都没有就将工作推掉了，原因是，拍照本来就是件喜欢并享受的事情，不至于用来赔笑。

阿杰知道了之后骂我，那也是他最常骂我的一句——

“你这人就是，不肯放下面子，自命清高。迟早有一天被饿死。”

他很快就去了那个酒吧应聘酒保，然后每晚去上夜班。

我的睡眠一般都很浅，很多次他回来的时候都会把我吵醒，尽管他是蹑手蹑脚的。我从未向他抱怨过，我听见他小心翼翼的开门声，洗澡时哗啦啦的水声，回到房间后打网游的声音。我有时会失眠到天亮，起来之后身体很疲惫，但就是不困。想睡却睡不着的感觉难受得很。

在难得空闲的时候我和阿杰偶尔会开摩托车去郊区，车管朋友借的，撞着迎面呼啸而来的风，窄小的道路，有那么一刻，我觉得自己回到了踩单车上学，除了青春其他什么一概没有的清贫年岁。

一般都是阿杰开车，我坐在后头，看他天生发黄的头发被风整整齐齐地捋到脑后。照理说伦敦开摩托不允许载人，但是驶入郊区之后别说是交警了，连人影都没一个。心情总会随着两旁景致的改变而变好。它们由高大巍峨的楼房变成低矮的平房，然后到两旁都是无尽的麦田，相隔很远才有一间村舍，饱满的麦穗将周围染成黄灿灿一大片。

他将摩托车停在路旁，跨进了一片麦田中，在密密麻麻的半人高的麦子之中顺势倒下去。

“过来。”阿杰对我说。

“你还真没公德心。”我喊他，“发现了的话会被骂得很惨啊，丢人。”

“怕什么啊，都熟透了，这两天就收了，没事，快过来。”他催促。

我也学着躺了一下，发现又傻又硌，没两秒就起来了。阿杰双手枕在脑后，闭着眼睛，一副自以为文艺片男主角的模样。我看见他手肘处被叶片拉了道小口子，便告知他。他吐了些唾沫在掌心，然后在流血的地方抹了抹，又继续维持刚才的动作。刺眼的阳光直射着让我不得不半眯着眼睛，我感觉到上方的天空蓝得过分，没有一丝云迹。

“很浓的麦子和青草的味儿。”

“嗯。”我附和着他，我的鼻炎还未好，仍与任何气味无缘。

我们就这样闲散晃悠，直到天完全暗下去。周围的温度稍稍下降，或许是在郊区的关系，我头一回在英国听见蝉鸣，鸣叫声在空旷的田野里显得格外嘹亮。

我起身，踢了一下旁边的阿杰：“走了。”

若白天天晴，夜晚天上星星确实会特别多。

阿杰也会在下过几场雨之后带我到郊区的小溪里抓鱼。他说，雨后溪水涨了特别容易抓到鱼。我们收获不少，但一条条都是小小的，我将它们装进大号矿泉水瓶里。在家里无聊的时候，我便会对着这瓶鱼发呆，看它们撞向瓶壁。

怎么说呢，同类感尤为明显，就犹如置身于深海之中。

【三】

夜晚我经常会在家里看碟，从大卫·芬奇到李安，韦斯·安德森的那几张碟早已花到看不了了，被堆在碟机上尘封着，都是些淘回来的便宜二手货，几个钢镚就能换一大摞，始终没下定决心去花钱注册网飞的会员。

下午去了一家公司面试，回来之后睡了，一直睡到晚上，接到阿杰电话是在凌晨，我正窝在沙发上看一部没什么笑点的爆米花片。昏昏欲睡的我被手机的振动声吓了一跳，阿杰在电话里叫我到路口等他下班。

快入冬了，我只在短袖外面套了一件卫衣便出来了，冷风吹来的时候我不由自主地将双手环抱在胸前。蓝色的塑料袋也被风吹得沿着马路一直向前飘去。

我边走边踢着一粒小石子，在空荡荡的大街上，小石子滚动的声音也会稍显大声。我一眼就看见站在路口处的阿杰，他的背微微驼着，双手插在裤兜里。我走近看见他身旁有七八罐啤酒。

“搞什么名堂？”我问他。

“员工价买的，快过期了，请你喝。”

“你不会搬回家啊？”我反问。

“出来到这里喝才有意思嘛。”他指了指空无一人的大街，“看，现在整条街都是你的了。”

我没有回应他，免得他蹬鼻子上脸男一号上身。我蹲下来拿起一罐啤酒拉开拉环。最后我俩坐在路边，靠着路口那家店铺的铁闸喝酒。阿杰又拉开了一罐，敲了敲放在地上的另一罐，说：“干了，算是帮我贺一贺。”

我喝了两口他敲过的那罐酒，问他：“有什么值得庆贺的？”

“哥交上女友了，就今天。”

可能是因为中午到现在都没有吃东西，几罐啤酒下肚之后，整个胃都凉凉的，并且那种冰凉的感觉从胃部一直扩散开来，我也能感受到各个内脏在极力地用体温将冰冷盖住。喝空了的啤酒罐顺着风向哐当哐当地滚动。

我点了根烟。我发现，每当我鼻炎难受的时候抽根烟总能使它稍稍缓解一些，但之后就会更加难受，就仅仅图那一时的舒畅，这就像一个讽刺的童话，在欢快过之后便发觉这是一个狠毒的讽刺，讽刺贪嗔愚昧的生活。

在我脚边堆了几个烟屁股之后，阿杰一下打掉我手里的烟。

“不是鼻炎发作得很厉害吗？别抽了。”阿杰说，讲话多少有点大舌头，估计喝多了。

我没理他，续了根。他又一手打掉。我捡起掉在地上的打火机起身走人，被我踢散的啤酒瓶四处乱窜。我到现在还搞不清楚自己为什么会突然间发这么大脾气。

“喂！”阿杰在身后冲着我的背影喊。

“喂，你这是怎么了？”他继续喊。

“你面试进没进？”他大概被我吓得有些清醒了，问了句。

我回到公寓里，室内禁止抽烟，我便跑到了顶楼。不远处的金丝雀码头金融城依旧亮得很。四五点的样子，我望着楼下两个少年从一家酒吧里出来，嬉笑走过，谈话声和傻笑声在微凉的清晨里异常明晰。我怔怔地望着他们远去，一旁驶过的公交车，车尾灯眨两下也一并消失不见，一不留神，被风吹起的衣摆撞到了烟头上。我懊恼，直到现在还是孤身一人，且一败涂地。

此刻，我从顶楼往下俯视时，我脑子里无缘由地衍生出纵身一跃的冲动，我幻想自己可以威风凛凛且稳稳当当地着地，像英雄片里的大侠。不知道为何会滋生出如此无稽的想法。

我看见楼下的猫因为太冷，蜷缩进了一堆垃圾当中。

【四】

醒来时我看了看手机，十一点一刻，还有好几通来自阿杰的未接来电和一条短信，他问：你到底怎么了？今天我跟女友出去，晚饭不用等我回来。

昨晚回来之后，我沾枕头就睡着了。

我想了想，回复他：我面试没过。

我起床捡起掉在地上的衬衫，衣服的背面被蹭得脏了一大块。我径直走进洗手间，将衬衫扔进桶里倒上洗衣液并将水龙头开到最大，泡沫瞬间将其填满。其实我的面试是过了的，他们通知我今天八点上班，都这个点了，也不是什么非去不可的工作，算了。

之后我和阿杰三四天没有正正经经地说过话，热恋期，总不见人影。我去他打工的酒吧喝酒，坐在冷气口下面的那张台，点了杯啤酒，瑟瑟的冷气让患鼻炎的我更加难受。阿杰在吧台一直朝我这边看，我没怎么管他自顾自刷手机，到最后他看不过眼走过来一屁股坐在我身边撬开一瓶酒喝，问我："你小子没事吧？"

我和他撞了下瓶："没事。"

我又开始断断续续地去见工。推掉了很多朋友介绍给我的杂七杂八的工作，的确，我就是像阿杰说的那样"放不下面子，自命清高"。一个月后在一家婚纱摄影工作室找了一份工作，拍拍写真婚纱照什么的，工资比阿杰当酒保还低，不过总算有事可干不用成天耗在家里。阿杰夜晚上班，白天也常常跑去陪他的女友，他依旧和我住在一起，但是我见到他的机会并不多。也有几次起床时碰见他女友从他房间里走出来，我对他女友好感不大，碰面时他女友连个招呼都不打。我偶尔去他工作的酒吧坐坐，我和阿杰再也没有开车去郊区了，当然，他应该还是有的，跟他的女友一起。

我感觉自己仿佛回到了一个人住的时候，一个人上班下班，一个人做饭，看碟。时而逗逗鱼，它们日渐长大，我幻想自己在深海里闲晃。

很多时候讲述一件事，都可以用"就这样"一词带过——就这样，我，我们，平平淡淡过了接近一年。

那天下班，我去酒吧找他，和他一起工作的同事告诉我，阿杰被辞退了，最近移民局查得严，阿杰没有身份。晚上他回来的时候我正在客厅里坐着，他看见我很意外，这个点我通常都回房间休息了。

“怎么还不睡？”他问我。

“你没这边签证？”我用问题来回答他。

“你怎么知道的？”他说。

“你同事说的。”我说。

他好像被吓住了，定了定神，说：“我×，他没事干吗跟你说这些啊？”

“你有什么事直接跟我说声就是了，我能帮一定帮，没必要瞒。”我反驳他。

“大把人都这么干啊，我赚够钱就走。”他跟我说。

“那也是黑工啊。”我一语中的，“很危险你知不知道，被人揭发了你随时有可能被遣返，甚至坐牢。”

阿杰沉默了。

“有些事不是说句帮忙这么容易的，放心啦，现在钱存得差不多了，我会小心的。”他说。

“够什么？”我问道。

“回老家结婚。”

跟阿杰相识的第二个冬天，昏昏沉沉地来了。

【五】

这个冬天倒是来得很爽快，一来就纷纷扬扬下了两场雪将秋天彻底掩埋。

阿杰在还没有向他女友求婚就被甩了——原因是女友也是黑在这边的，本以为阿杰有身份，想和他结婚拿个伴侣签证。

阿杰本来打算回国混混，我看他现在痞子般的样子一时半会也不能混出什么名堂。

“再待一阵子吧。”我跟他说。

那天下午下班我捧了一个新的鱼缸回家，打算将养在矿泉水瓶里的鱼换到鱼缸里。我看见阿杰的鞋子放在鞋柜前，便喊他出来帮忙。

我一连叫了几声他都没有搭理我，这个点他很少会在睡觉的，我抱着鱼缸走进他的房间，鬼影都没有。过了几个小时阿杰用医院的电话通知我去帮他办一下出院手续。我拿起抽屉里的护照就出门了。

医院走廊的白炽灯总是让人心神不宁。

阿杰一脸愧疚地坐在医院接待处旁边的长椅上，医院里浓重的消毒水味让我的鼻子异常难受。阿杰去找他前女友理论，还跟人家的朋友打了一架，脑门缝了几针。我帮他填了一些资料，让医务人员扫描了一下我的护照，帮他付了药钱，解释说我是他室友，由于出门太匆忙没带阿杰的证件。长椅旁边是窗台，楼下便是入夜后的市中心，来来去去的车辆，扑闪不停的红绿灯和灯火交映的马路。

“你多大的人了，做事不分轻重，幸亏人家没报警，要是人家报警了的话你早就被遣返回国了。”走出医院的时候我跟他说。

阿杰回应：“好了好了，去吃东西。”

我们找了医院附近的一家印度人开的炸鸡店。大冬天里，这些在夜间仍然营业的街边小店冷清得很。我买了一大盒炸鸡薯条，两罐啤酒。

那天晚上阿杰来来去去都是讲那几个话题，“过河拆桥”“欺骗我感情”之类的醉话。欺骗感情属实，桥也拆了，但人家河也没过成。我有一搭没一搭地回应他，顺便陪他骂两句。阿杰突然咳嗽起来，咳得很厉害，眼泪都咳了出来。我拍了几下他的背。

他靠近我的耳朵，小声说：“还是兄弟最好。”

天又下雪了。

【六】

“哥回国闯荡去了，等我飞黄腾达之后一定带上你！”阿杰说。

如同所有狗尾续貂的故事一样，他的匆忙离开让这一切都不了了之——阿杰几天之后简单地收拾了行李就走了，来了这么多年了，值得带走的东西没几样。他的很多行李还是留在我租的房子里。

我将所有的鱼分在了几个精致的鱼缸里，每次换水都是一项大工程。春天的到来意味着雨季将至，伦敦的雨一下便没完没了，外头一天到晚都湿漉漉的。我左脚拖鞋不见了，只好穿着阿杰大两码的夹脚拖鞋。

我想起阿杰狼狈地闯进我的生活，却又利落地离开。我想想，似乎改变了什么，又好像由从前到现在，忽略他和我住一起的日子，我的生活都一成不变。

我的鼻子丝毫没有好转，塞得难受。纸篓堆满了一团团纸。

我张大嘴用假想的鳃一吞一吐地呼吸。

这过去了的一切都会变成亲切的缅怀，一份来自深海的缅怀。

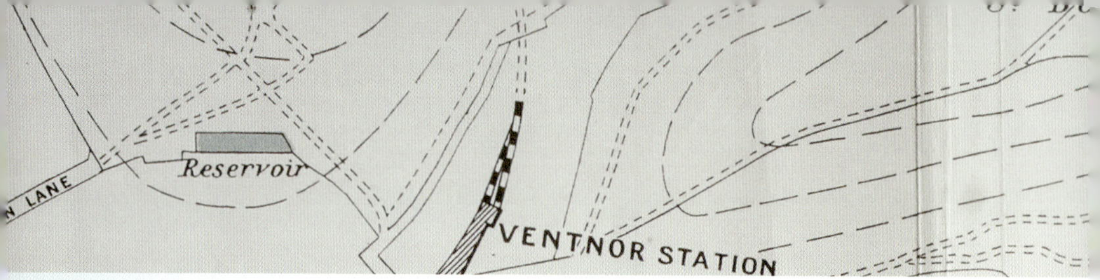
Reservoir
LANE
VENTNOR STATION

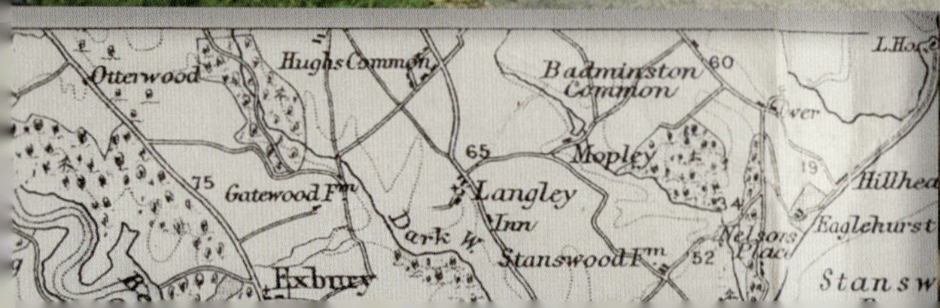
Otterwood
Hughs Common
Badminston Common
60
Mopley
65
75
Gatewood Fm
Langley
Inn
Dark W.
Stanswood Fm
52
Nelsons Place
Eaglehurst
19
Exbury

chapter 02

第二章

行

Breath of the Summer.

少年時期与夏天们

NPH400
2

52
KODAK PORTRA 400
53
KODAK PORTRA 400
54
KODAK PORTRA 400
55
48
KODAK PORTRA 400
48
KODAK PORTRA 400
50
KODAK PORTRA 400
51
KODAK PORTRA 4
7
8
9
10
11
12
4
5
6

Blue · 布魯

收集世间所有的蓝

我们用表颜色的青和表季节的春来形容人生必经的这一段日子。

我也曾尝试用文字去描述青春。描述它的残忍，它的美好；描述它的坚忍，它的孱弱。但到最后才发现，青春用任何文字都无法准确地形容，它需要我们去经历，去感受，去记录，去深藏。

前阵子去了一趟希腊，已是我第三次踏上那片岛屿之国了。我在克里特岛买前往圣托里尼的船票的时候，才被告知次日开往圣托里尼的两艘快艇的船票都卖光了，只好倒霉地坐一个通宵的船从克里特岛去往雅典，再从雅典坐七八个小时的船折回到圣托里尼。

半夜，我在摇摇晃晃的轮船上久久无法入眠，便跑到甲板上去透气。甲板上只有一个穿着背心，戴着灰色绅士帽的年轻男生。他趴在栏杆上，探着身子看被激起的白花花的浪。打过招呼之后，我们便聊了起来。他叫肯尼，从土耳其过来旅行，刚结束了希腊的行程，正准备去雅典然后从雅典飞回家。

“哦，原来你也是在大学就读，什么专业？”我回着肯尼。

“现在吗？在读管理系。”他说，“可我心里一直有个梦想，总觉得应该趁年轻的时候去拼一把。我想当个歌手，可爸妈都说这不现实。”

“真希望有一天能出唱片啊。”肯尼接着说。

“如果你不介意的话，我还真想听你唱首歌呢。”我说。

他突然羞涩起来，按亮了手机，递给我耳机说：“我的手机里有我自己写的歌的样带，给你听听看。”

肯尼用手在脸前挡着海风，点燃一支烟。耳机里传来清脆简单的吉他和弦，歌是肯尼几近清唱般的低声悠扬的吟唱，歌词是我听不懂的土耳其语，旋律亦如眼前这广袤漆黑的无边大海。我听着听着，眼眶不由自主就红了。我不好意思地吸了一下鼻子跟他说，这歌声真动人。肯尼掏出笔记本记下了我在英国的地址，说若有朝一日有机会出唱片，一定会给我寄上一张。

我也不知道什么时候在甲板上的角落里睡着了，醒来的时候已是清晨四五点，朝霞将海面映得明晃晃的，轮船已经在雅典靠岸，我跟肯尼在码头道别。

昨晚他在甲板上跟我说，这首歌叫《我生命中的第一天》。海浪的声音夹杂在耳机里的歌声里。

每天都有梦想在心里头悄悄死掉，能碰到口袋里怀揣着梦想前行的人，尤为珍贵。

到达圣托里尼之后，我已经筋疲力尽了，又是一个黄昏，岛上的旅店老板娘执意开车到码头接我。

有人这样形容位于希腊爱琴海上的圣托里尼小岛——它是离天堂最近的小岛。就说吧，上帝老人家他有时候是偏心的。整座小岛上的房子都是白墙蓝顶，门窗也都仔细地刷上那抹暖心的蓝。或许世界本是黑白的，我们在心里悄然将其粉刷，四下便开始变得缤纷了起来，对吧。

我在洒满余晖的露台上坐下，身旁是一对相拥看日落的情侣。渐渐往海平面下沉的落日用余晖将这方小岛灌醉，悬崖上盖满了一间间白色墙壁、蓝色屋顶的房子，小镇浸染在傍晚金鱼黄的粒子里。当落日的最后一圈红晕完全消失在海平面的时候，人们都欢呼起来。浪花一下一下拍打着岸上的礁石。

我坐在围墙上静静地看着重归黛蓝的海，人潮慢慢散尽，我回过头望向悬崖上的村落，明黄色的灯光从一扇扇窗户里悄然透出，繁星流动。再后来，我在微博上开了一个图片集叫“收集世间的蓝”，把上帝他老人家打翻的调色盘中蓝色所滴落之处，都一一收集起来。

“再见，旅人们，要继续启程了。”

“感谢这沿途的故事。”

“再见，再见。”

至少我如今走在通往未知的向往之地的道路上面，不昏萤，不喧哗。

辽阔的与恒久的

【00】

我本以为孤独没什么。

【01】

下过雨之后米开朗琪罗广场的人七零八落，你手一撑就跳坐在了城墙上，皱着眉头点起一根烟，看着稍有不慎就可能摔下去。我在一旁不断提醒你这样子很危险。你放下烟转过头对我笑着，半眯起来的眼睛只剩下两道缝，说：“ vedere, crepuscolo e Firenze. ”我一直觉得意语说起来有种独特醉人的腔调。你脚下是整个浸泡在落霞间的老城，迷路的鸽子呼啦一声飞起来。

看，日落的佛罗伦萨。那是你后来翻译给我听的。黄昏了，我认真地与这个城市照面，这是佛罗伦萨最醉人的时刻。

重游佛罗伦萨是两年多以后的事了，一个人。

安顿下来的时候天已渐渐变暗。

此前花了四十三分钟从车站找到旅店，与谷歌地图上面所说的八分钟大相径庭。不认路仍旧是我一等一的头痛事儿，我站在两米多高的两扇大木门前面，对着手上皱巴巴的打印出来的旅店信息，无法确认是否就是这幢小巷里民居似的老楼。我看向身旁穿职业套装靠着大门看手机的女士。

“请问……”我转向她。

“三楼。”她手指扬了扬，我还没问出口她就已经知道我想说什么了，想必我也不是第一个一头雾水的旅人。

我按下了三楼生锈的电铃，没多大会儿，大木门的锁吧嗒一声开了，推门而入。老式的意大利建筑，楼层之间挑得很高，透过顶楼天窗透进来的光线可以看到浮动的灰尘，旋式楼梯间是一台笼子似的旧电梯。我提着行李走到三楼，从服务员那儿拿过房间钥匙，听他用浓重腔调的英文讲早餐在上午十点前提供，没有空调只有一台风扇，公共的卫生间在楼道转角。我的房间在五楼，房间就是楼里一般的民居，估计是后来改造成旅馆的。单人床，小卫浴，一张书桌，狭窄露台，床头灯旁边还放着一本发黄的小说，估计是之前的旅客留下来的。我推开玻璃门走到露台，楼下正好有一对男女对着刚热闹起来的路边摊卖唱，一首老歌*The Boxer*，唱歌的女生的口音听起来不怎么像是意大利人，应该是澳洲，或者新西兰的留学生。

整顿好便下楼趁入夜前到处逛逛。我站在纵横交错的巷口，下班的人们骑着摩托车按着喇叭呼啸而过，街头艺人随处可见，拉手风琴的，弹吉他唱歌的，也有穿着直排轮边溜边拉小提琴的。夏天鼓噪一时的风灌进耳朵，汗湿的衬衫贴着前胸后背，我拿着地图扇着风，沿着横七竖八的巷子乱转。

【02】

为什么要一个人跑到这么远的地方?

【03】

入夜之后的大街小巷只剩下餐馆、小店与酒吧是亮着招牌灯的。

逛饿了之后我钻进了一家闹哄哄的比萨店，找到仅剩的一张空桌子坐下来，指着看不懂的意大利文菜单随意点了份比萨和冷饮。下一刻我就碰到了罗拉。

我留意到一个红发的女生一直站在门口等位置，直到我的比萨上来了她都还没等到空位置。我朝她招了招手，微笑了一下。她无动于衷，在国外搭台这样的情况是很少的，我第二次向她招手的时候她才确定我是在叫她。

“叫我吗？”她走近的时候对我说。

“我看你等位很久了，坐吧，我就一个人。”我笑笑。

“谢谢，谢谢。”她道谢，坐下来的时候将她额前乱乱的头发捋到脑后。后来她开始点菜，拿着手里的旅游指南与菜单相互对照，用生硬的意大利语跟服务员交流。她告诉我她也是来旅行的，来自一个我听不懂的地方，见我愣了好几秒之后她匆忙解释道是瑞典的一个小镇。

“刚到佛罗伦萨？”我问她。

“对，你不知道我有多倒霉。”罗拉开始跟我诉苦，“我的飞机晚点了，去到米兰的时候买好票的列车早就走掉了，我只能改坐大半天的巴士来佛罗伦萨，天都黑了。更气人的是我订的旅店硬说我在网上把订单取消掉了。天啊。”

“那你现在找到落脚的地方没？”我问道。

“嗯。找到了，在一家青年旅舍。”她喝了一大口咖啡，“天啊，太幸运我遇见你了，不然我这一天就糟透了。”

饭后她坚持帮我付款，我毅然拒绝。“那我请你喝东西吧。”她说。

随后我们去了附近的一家酒吧，周末的晚上早已熙熙攘攘了。店里放着慢摇的音乐，罗拉端着两杯满满的啤酒走过来，我们开心地碰杯，天南地北有的没的乱聊一通，不时像认识了八百年似的投契地大笑。九点过后乐队就来了，店里的气氛瞬间攀升，大家都哼哼唱唱，顺着鼓点拍手跺脚，罗拉兴奋地站起身跳起舞来，最后凑到我耳边说，我爱死这座城市了。我点头表示同感，是的，我爱这座醉人的城市。

我跟罗拉相约了第二天一起游老城，在我们相遇的那家比萨店碰面。第二天哗啦啦地下起了雨，我按照约定到了比萨店，并没发现红发女生。我在屋檐下等，约莫二十分钟后，罗拉用帽衫盖着头从雨中走过来。

“不好意思迟到了。”她说，同时夸张地揉了揉太阳穴，“宿醉。”

我笑了起来。

我们谈笑风生，在老城湿漉漉的迷宫般的大街小巷乱窜，在小吃店跟冰淇淋店前一遍遍驻足，在一座座瑰丽的古堡或雄伟建筑前相互留影。我们钻进高耸的教堂里面避雨，虔诚的信徒闭着眼睛跪在雕像前祈祷，随后在身上画下一个十字架，低头亲吻一下手心。

深一脚浅一脚地走到阿诺河畔，凭栏远眺，远处的森林被雨丝渲成浓稠的绿。我们沿着石板道走上了老桥，罗拉告诉我放晴了，黄昏了。桥上盖着歪歪扭扭的房子，土黄，纯白，抑或是浅灰。桥中央老艺人弹着吉他唱着慢悠悠的歌，是情歌，我想。罗拉和我就这样坐在桥栏上，静静地看着落日嵌进遥远处河的尽头。罗拉眼眶红了，眼泪流了下来，想必此刻在思念远方的某人，又或许被日落的余晖拉出一段悱恻的回忆，我轻轻地拍着她的背，不作声。

“要走了。”她小声说。

“嗯？”我没反应过来。

“我要走了，订好的去下一个城市的列车马上发车了。”她跟我说。

罗拉站起来抱我，大声地用刚学会的意大利语跟我道别。很奇怪，在陌生的地儿碰到陌生的人，仿佛更容易卸下心防，因其对我的过往一无所知，亦不会参与我的未来，不过就是走过那么一小段路，侃些小事，借个肩膀靠上一小会儿。或许，也不会被记得，但的确是在这些微妙的小时刻，我们都剥开了彼此的懦弱。我站在桥上目送她离去，罗拉好几次回头朝我挥手，正如我跟她初见时那样，很用力地挥着手。

别了。

【04】

要是让我写网上那些有趣有用的旅行攻略，我压根儿就没法记住那些赫赫有名的景点。或者一本正经地讲述建筑风格、历史名胜、各种故事的来龙去脉，这些我实在写不来。更没有狄更斯那样的才情说出“此生不过是不朽的灵魂在旅途中绽放的刹那芳华”这样的话。只好唠叨一下各种乱七八糟的情绪，与碰到的人。

我万万没想到自己会回到意大利，更别说佛罗伦萨。

因为这一趟，必然，必然会回忆起你。我总是刻意地将孤单的每一秒都用友人或者陌生人来填满，因为只要一个人在晃动的车厢里，在人潮汹涌的巷子里，在嘈杂的青年旅馆的床上，在无名的小咖啡店里，我都会冷不防地想起你。久久不被想起的过往相处的片段被悄然剪接成一部伤感的片子，突兀地映在路途的车窗上。免不了一而再地鼻酸。对失去的念念不忘，耿耿于怀，只因不舍。

直到如今，这两年很长的一段时间都是浮躁状态，创作毫无起色，更羞于跟人提起。那个只能写几个字唬别人的家伙，如今连字也写不出来了。

我回想起出发前某个晚上，散落一地的垃圾与书，分隔在房间两角的拖鞋，拆开的包裹，耷拉的背包，半开的抽屉，弄丢了镜头盖的相机，充当烟灰缸的玻璃杯子与满桌的烟灰，胡乱成堆的衣物，皱巴巴的衬衫，搅在一起的电源线，生锈的硬币，散开的床单，我不断地对自己说，累了。

本来壮志凌云地以为孤独没什么的我，懦弱地被回忆轻易就击垮。

“那就，去远方吧。”

【05】

在佛罗伦萨待的那段时间，我每晚都跑去老桥坐坐。看雨后的晚霞将整座古老的佛罗伦萨染成迷人的金色，看尘埃荡涤，看脚下阿诺河汩汩地流淌。看恋人们相拥，亲吻。

讲回之前提到的为什么一个人要跑这么远。

无非是冠冕堂皇地给自己戴上一顶“既然来到这个世界就要好好地看看它”的帽子，抑或是坚信了被无数次转发的那句“说走就走的旅行”。

并没有。

对于我来说，是逃离。

想尽办法在混沌的日子里找个出口透透气，即使回忆上逃不掉，好歹也可以离开那种一成不变的枯燥生活一小阵子。

如同万年不变的残垣，川流不息的河流，绵延不断的山丘；如同一切的美好，孤独，也是一样的辽阔与恒久。

KODAK PORTRA 800-2
52
KODAK PORTRA

2/6
HALF CROWN
POSTAGE

GONZALEZ
SKYLIN
ROXY
8481

Totally Enormous Extinct Dinosaurs

JAMBOREE 1937
6c
NEDERLAND
GELDIG TOT EN MET 31 DECEMBER 1937
钟声叮叮，
炉火熊熊，
慢慢迷途终有归途。
Prague
布拉格

慢慢迷途终有归途

“慢慢迷途终有归途。”

电影《布拉格之恋》里，这句话铭刻在主人公弗兰茨的墓碑上，无论是昆德拉还是卡夫卡笔下的布拉格，都弥散着一股硝烟的气息。你甚至无法想象一座童话感如此强烈的城市，曾经屡次被占领，解放，又再次被占领。醉人的春城也曾被苏联的坦克无情地碾压而过，而后的很长一段时间里都只剩陋巷美人与颓垣芳草。

去年圣诞前夕，我与友人相约，再次拜访了这座城市。如今的布拉格就像台风过境后的一湖清潭，平静的一片落叶都可轻易激起涟漪。卡夫卡对整座城市的形容是“既爱又恨”，布拉格用沉默包容了卡夫卡，就像它包容了战争中所有残酷的悖谬一样。在经历过命运的崎岖之后，又继续大方地用它醉人的人文与风光向世界展示它最纯粹的美。即使至今，在古老建筑群的小巷里还是可以找到一间间规模不大的手工作坊，锤声叮叮，炉火熊熊，黑铁冷冽，剑戟幽暗。

我与友人日夕之时在布拉格城堡俯瞰大片红瓦黄砖墙的老城，远远看去，就像是才情满满的老画家毫不吝啬地往帆布上涂抹下斑斑点点的色块。站在塔顶，看着身下从广场往外延伸的老城，熙熙攘攘的车水马龙与呼啸的风声融杂在一起，黄昏的暖阳把整片天空都渲染成醉人的橘色。

从伦敦出发到布拉格的航班是夜航，着实容易让我想起更早一些时候的事情，虽说是在沿海城市长大的，见到海的次数却屈指可数。小时候喜欢用盛了水的塑料瓶压在耳朵上晃，假装那是涛声。我刚搬到苏格兰那会儿住在海边的一间小公寓里。准确来说那不是海，是河。

河的对岸是圣安德鲁斯，再远点便是一望无边的浪，像极了海。

当然，在布拉格，看日落的好地方少不了老城广场，不少年轻人被周董和Jolin的这首传遍大街小巷的歌带到这里来。不过，只要你看一眼老城广场的日落，就肯定会觉得心甘情愿。小屁孩们在广场上追着鸽子无忧无虑地撒野，来自五湖四海的游客在露天的酒吧里忘情地碰杯，街头艺人用温柔的嗓音向来去的旅人兜售着他们洋溢的才华，恋人们借着天文钟整点的钟声在黄昏下深情地接吻。

不知为何，每次结束一段旅行回到熟悉的住处，心里总会感到莫名空虚。跟旅途中相识的旅人们说再见，某些拍着胸脯喊下在某个城市再相聚的约定，其实大家心里都默然知道或许此生未必能再次相遇了。去陌生的城市，认识陌生的人，倾听一个个发生在世界别处的故事，这都会成为日后缅怀的回忆。只可惜的是，这些回忆终将悄然消逝。忘却后，亦如这统统未曾发生过一般。

黄昏后，老城枕着多瑙河入眠，一个童话落下句点，但总会有另一个童话在日出前悄然展开。

它说，很久很久以前……

撒哈拉不只有沙

机务人员透过广播通知旅客们把遮光板打开，刺眼的日光瞬间从机舱的右侧灌进来，宛如傍晚日落的黄金时分。随后飞机穿过厚重的云层，抵达了马拉喀什的夜。

“Diving from a hit of light into darkness.”

我在旅行日志里写下这句话，像跳水，踩着最后一缕日光的尾巴，深潜到黑夜里。

摩洛哥此前给我的印象都是明亮的、多彩的，以及燥热的。初次踏上北非大陆，这些词确实可以囊括进对摩洛哥的第一印象，与此同时还多了一个：严肃的。接机的小哥在关口处认真地举着写了我名字的小牌子，把我引到他有点老旧的面包车里，一路上用很烂的英文跟我有一搭没一搭地聊天。我摇下车窗，T恤早就汗湿了紧贴在前胸后背上。由于是斋月，白昼几乎无人外出，而此刻的夜晚却异常繁华。车子停下等红绿灯的时候，我不时地与来往的人对到眼，大部分都是表情肃穆眼神凝重。甚至会让我有一丝觉得，是否因我的出现而打扰了他们的日常。

匆匆洗漱之后，我迫不及待地换上背心、短裤出门觅食。马拉喀什市中心有着摩洛哥最大的广场，挤满了人群与摊铺，熙熙攘攘的，霓虹与烟囱，没走几步又是大汗淋漓。对比起伦敦的阴冷潮湿，入夜后马拉喀什的闷热干燥像极了我老家南方沿海的小镇。我挑了个烧烤摊坐了下来，点了几个串和冰啤酒。

不知为何，一个人的旅行，总会轻易地在绿皮火车的车厢里，在汹涌的人潮间，在各种似曾相识却又无比陌生的地方忆起往昔。我记得以前暑假特喜欢与死党们去江边的大排档吃冰，吃热炒，吸香喷喷的紫苏田螺，喝冰啤酒。大排档打烊之后，我们就去轧马路，走在空无一人的河堤上说一大堆有的没的。那片江尤在夏天的夜晚涨潮后，特别平静。

次日清晨，我租了一辆车，找了个当地司机，决定前往撒哈拉沙漠。

挡在跟前的是已知的八小时的艰苦车程，以及一场突如其来的沙尘暴。司机把车停泊在路边，车被风沙刮得一摇一晃的。几经努力，透过挡风玻璃的能见度也约莫只有个一两米。再远点便是一片色调统一的漫天黄沙，这煞人的张牙舞爪与两小时后的一片静谧，让我觉得摩洛哥就是个脾气不怎么好的巨人。反观司机，在司空见惯若无其事地哼哼着小曲儿。

脾气不怎么好的除了摩洛哥，还有在民宿苦苦等了两个多小时和我一同拼车的韩国小哥。当然，那只是一开始，到后来漫长的车程里我们还是有说有笑的。我们在沙漠里前行，可以明晰地感觉到前方的公路在炙热的空气里，变成蜿蜒的映像。总觉得自己不是个好的旅行者，越来越毫无计划便出行，仗着“随遇而安”四个字走四方。皮卡驶近扎营地的时候已过黄昏，老旧的收音机里播放的是阿拉伯语版的约翰·列侬的歌，我和韩国小哥因为疲乏都昏昏欲睡。有那么几刻，我觉得车灯照向前方高低起伏的沙丘形成剪影，就像一座葱郁茂密的丛林。

曾数次读过关于撒哈拉的描述，那片凶猛但充满诱惑的沙漠，以及上空那片布满星辰的苍穹。但只有真正踏上那片大陆，才能切身感觉到其震撼。可以准确地分辨出镶嵌在石块里的海螺与贝壳化石，难以想象数千万年前这是一片深不见底的汪洋。现在只剩下簌簌的风声，和渺小的我。

我想我定不会忘记跟前荒芜的撒哈拉沙漠，帐篷旁的篝火，头顶密布的星云，以及那辆归途的皮卡一头扎进了无垠的黑暗中。

TAXI

撒哈拉的天

山洞不鸣

车灯所及之处是一道笔直的公路，两旁是延绵的高山，公路就像峡谷间的一道缝隙。可视度不高，只能看见车头灯照亮的地方，再远点便漆黑一片，半盏路灯都没有。天掺杂着深灰与深蓝，隐匿在厚重云层后面的半片月光，时而会稍稍露出个模糊的轮廓。

车就这么孤零零地抛锚在路边。

仪表盘边上的时钟嘀嘀一声跳到了整点，数字三。

莉娅再次试着发动车子，引擎“哒哒哒”地响了几下，熄了，或者说压根儿就没打着 。

“估计今晚没戏了。”我把车窗摇了下来。

“嗯。”莉娅似有似无地应了我一声，我们被卡在这儿快两小时了。

“说不定是电池耗完了？”我接着说。

“拉倒吧你。”莉娅瞪了我一眼，“你一个路考多少次都没过，驾照到现在都还没有的人，少在这瞎说。”

我们今天晚饭过后就开始从苏格兰高地的威廉堡驾车启程，在路过伯特里镇时停了一小会儿，目的地是天空岛最北边的邓塔姆。本想一口气开到客栈可以大睡一觉。

我的本地的手机号码不争气地一点儿信号都没有，期盼着有辆车能经过，但事与愿违。倒是莉娅漫游的电话卡有一格微弱的信号，打了几次汽修公司的电话都没人接。后来索性将电话打去了警局，莉娅对着电话那头说了“Please hold on”便把手机塞给了我。

“完全听不懂！”莉娅夸张地皱着眉耸了耸肩。

这不是她第一次抱怨了，这几天她反复说了好几次苏格兰口音太神了，尤其到了高地以后，哪是什么英语啊，简直怀疑人生。

“Hiya？”我接过了手机向电话那头的苏格兰警察寻求帮助。

“只能明早七点以后才能派拖车过来接我们。”我把手机还给了莉娅。

“也快了。”她没好气地说道。

她按亮了手机屏幕看了下，三点半了。

一只拳头大小的黑色小鸟停落在引擎盖上，来回踱步了几下，然后拉了坨屎。

莉娅愤怒地突然按了下喇叭，鸟被惊吓得呼啦一下拍翼而逃。随即四下又迅速地安静了下来。

山里头的温度明显比白日时冷一大截。虽然乌漆墨黑什么也看不见，但是可以听到林海里树叶碰撞的飒飒声。

“分了？”我问。

我把座椅靠背扳了下来，一手枕着头躺着。坐了一整天车，颈椎和脊背又酸又痛，不过我没什么立场抱怨，毕竟开车的人不是我。我知道莉娅就在来苏格兰之前和男友分手了，这两天我也没太好意思问。

她出发前跟我通话说：宇华，我跟那家伙散了，要找你泄愤。

“分了啊。”莉娅倒是回应得很简短爽脆，她也把座椅靠背往后调，“他一心要回国发展，异地我来不了，分了就分了呗。”

“多可惜啊，你俩一起回去不就得了。”我说。

莉娅啧地用鼻子喷了一下气，那是不屑，我知道。

莉娅其实不叫做莉娅，叫曾丽，莉娅是她刚搬去柏林那会儿改的。

刚开始不太适应，还是曾丽曾丽地叫，毕竟喊了十几年了。她拿我没辙。最后一次喊她曾丽的时候，她急眼了，便连名带姓地威胁我说：“刘宇华，你要是再这么不配合的话，我就把你的头劈下来当凳子坐。”那当然是玩笑话，莉娅这么说说到底还是万般不愿时时刻刻都与她血脉相连的那个字挂钩。

我和莉娅是在初中的时候认识的，我俩是同班同学。

起初并不太熟，虽然我是班上的交际狂，但莉娅对谁都是待理不理的，自然也没什么机会说上话。后来有一阵子我们阴差阳错地当上了同桌。那会儿校服都是化纤质地的运动服，口袋很浅，我坐着坐着便总掉钱包。头一回掉钱包的时候莉娅还一本正经地问我说，有没有发现什么东西不见了。她见我一脸惊慌失措，就老老实实把钱包还给我。到后来她每回捡到我的钱包，都一副正气凛然的样子，拿着钱包在我跟前扇，拍我肩膀说："食堂走起，姐请你吃九大簋。"（九大簋：粤语俗话，盛筵的意思。）

我只好屁颠地跟着她一块去食堂。

几回下来之后，食堂大姨也就调侃地冲我嚷嚷说："你怎么回事，总让人家小姑娘给你埋单，像话吗？"

莉娅瞟了我一眼，跟大姨说："姨，他就这样，爱'吃软饭'。"

食堂大姨没好气地舀了勺没有肉的青椒炒肉给我。

后来咱们熟了之后就更加肆无忌惮，不管上课下课都在天南地北地瞎谈天说笑。她还是每回捡到我钱包的时候就在那咯咯笑，我也跟着傻笑。谈天声音太大声了，班主任斥责我们严重影响课堂秩序，败坏学风，立马把我俩调开。我们的名字被大大地写在黑板右上角通报批评，挂了得有半个月。我们被调到了讲台旁并排，一左一右，中间隔了张讲台，硬是吃了半个学期粉笔灰。

高中分班之后我俩就没在一个班了，莉娅在文科班，我在理科班，也甚少有联系。

也是，当年信誓旦旦勾肩搭背说奔着一辈子去的友人，如今无非就成了微信里面的一个账号，逢年过节嘘寒问暖，意思意思地交换个红包。高中毕业没多久我就筹备出国了，兴致勃勃地一个人奔到了苏格兰，冷暖自知。高中毕业那个暑假我听说莉娅也要出国，便约着见了面，在市中心的麦当劳。那几年城市发展得很快，不知不觉中立起来的高楼把老城围得严丝合缝，再接着老城的房子被一幢幢替掉，唯独那间麦当劳，除了价格，其他的从小学那会儿到现在都没怎么变过。

“没戏。”莉娅说，“我爸说女孩子家家出国干什么。”

“这个跟男女有关系吗？！”我递了个甜筒给莉娅。

“你别说，还真有。要是我是个男的没准就有戏了。”她说。

后来从朋友口中无意得知莉娅的弟弟在学校和别人打架斗殴，家人索性决定送他到加拿大念书，莉娅的妈妈也一并跟去陪读，被莉娅说中了，多狗血。

上一次和莉娅见面是在柏林。

莉娅本科毕业之后申请了德国的公立大学，学费全免，生活费得自己打工挣，没用家里的一分一毫跑到了柏林。大学最后一年我刚好有机会在慕尼黑当个短期课程的交换生，课程结束后，我便去柏林找她。那时我们都是穷学生，本想着在柏林住个便宜酒店，莉娅说去她家挤挤得了。我用住宿省下来的钱买了两张Coldplay的票，抵达柏林的时候已经临近傍晚了，我和她直接约在演唱会场馆门口碰头。我拖着行李吭哧吭哧到了体育场门口才发现手机不翼而飞了，准是在火车站门口被那群小混混撞了一下趁乱摸走了。

票在莉娅那儿，直到乐队开场我也没找着她。

四下的人群剩得七零八落，该进去的都进去了，该散的也都散了。

我坐在行李箱上，在场馆门口等着。柏林路上叼着烟，拿着瓶啤酒，边走边嚷嚷的少年可真多，刚丢了东西，我看谁都像小混混。场馆里面不时能传来几声群起的欢呼，歌曲慢悠悠的，恰如其分地当着背景音乐。

散场的时候大家都往我这瞟两眼，放在伦敦我就是个实打实的流浪汉派头了，就差把鸭舌帽脱下来放跟前，等人往里头丢俩铜板。

莉娅猛地从后头拍了一下我的肩膀。

“你小子迟到了吧，总算找到你了，也不通知一声。”莉娅说，手里拿着场馆统一分发的荧光棒。

我一声不吭地拖着行李跟在莉娅后头，什么都没解释。老实说，正气头上，也不完全是生莉娅的气，更多的是跟自己恼。等公交车的时候莉娅递给我张公交卡，说，没事你以后有的是机会可以看，毕竟是支英国乐队。

“好看吗？”我问她。

“唱*Yellow*的时候，一个个黄色的大气球从半空而降，旁边那小姑娘哭了起来，我一看她哭，也莫名其妙地跟着哭。幸亏没让你看到。”莉娅笑笑说。

“难怪大家都在欢呼。”我接话。

“外面能听见吗？”莉娅问。

“傻呀你，这么大个露天场馆怎么可能听不见。”我说。

“早知道就别买票了，在外头听得了。”莉娅说。

“你可真市侩！”我笑了笑。

莉娅家小得很，布质沙发瘪了一半，木地板走起来嘎吱作响。从抵达柏林到现在，我半口东西都没吃，莉娅爽快地跑到厨房给我做肉酱意面。意面煮熟了之后，莉娅拿出了罐头番茄酱汁往面里倒，没有肉。

我笑她道：“你这哪是肉酱意面啊，欺骗消费者感情。跟咱们初中食堂没有肉的青椒炒肉有何区别？”

莉娅在那儿一脸不好意思地咯咯笑。

去年Coldplay巡演，在曼彻斯特最大的场馆有场演出，我买了很好的位置自个儿从伦敦跑到曼城看演唱会。安可的时候他们唱了*Yellow*，一个个半人大的黄色气球从半空中降落的时候，我着实鼻酸了一下。这么多年过去了，他们还是在用老梗，想必也是黔驴技穷了。

我把车头灯摁灭，莉娅在车后排睡着了。

我点开手机给租车公司打电话，依旧是没有任何信号，三番两次之后只好放弃尝试。我打开车的后备厢，把行李搬了下来，裹着件大衣躺后备厢里面试图眯上一小会儿。压根睡不着，都夏天了，苏格兰的清晨有够冷的。点了根烟，坐在后备厢眼睁睁地看着一丝晨旭从峰脊漏了出来。二十二岁那年，我与友人计划来威廉堡看日落，那次不但没有成功爬到本尼维斯山，当时四下雾茫茫一片啥都没看成。

五点刚过，离拖车到来还有两个多小时。

莉娅也醒了，伸了懒腰便往驾驶座走。她试着按下启动键。

只听见引擎突突地响了两下，随即又迅速地灭了下去。

英早与烧卖

【全英式早餐】

老实说，第一刻失落是占大多数的——对于英国和英早，两个都是。

我初次接触到这两者是同一天。坐了一趟夜航从国内出发，到达爱丁堡机场是当地时间的次日清晨。来接机的小哥晚了将近一个小时才到，由于先前没意识到温差，我穿着单薄的衬衫加T恤在到达大厅冷得瑟瑟发抖。汽车缓缓驶离机场，两侧是大片大片的麦子和藏青色的林子，房子稀稀落落地隔着三五百米分布。英国的夏天压根儿称不上夏季，而本以为的“繁华”“发达”“熙攘”这些定语，也压根儿不能套到眼前这个荒芜的小镇上，那种感觉糟糕透了。

当时的我，怎么也不会想到没花多少工夫便深深地爱上了这座城，直至现在。

我放下行李，稍做整顿便出门觅食。公寓楼下是一家叫肯尼的酒吧。大部分灯红酒绿的酒吧，到白天都会乖巧地收起它们的张牙舞爪，化身咖啡馆、早餐店。肯尼门外大大地写着“Full English Breakfast”，出于饥饿与好奇，我进店坐下点了一份，配了杯英国红茶。我感觉店里前一晚的余韵仍未散尽，周遭都氤氲着啤酒的麦香味。

早餐送上来的时候，我吓了一跳，正如我此前所述，稍稍失望。原本想象的杯子蛋糕、甜甜圈、奶油泡芙一样都没有，取而代之的是一大盘堆在一起的食材。六分熟的煎蛋，切半烤熟的番茄，黄油煎过的培根和香肠、蘑菇，以及酱拌黄豆。我带着怀疑的态度吃下第一口之后便停不下来了，不错，相当不错。确凿印证了老外们常挂嘴边的那句“Don't judge a book by its cover”。

以至于后来，只要周天没安排，我便起个大早去附近的酒吧吃英早。或呼朋引伴，或只身一人。我想这更像一种仪式，告之我在千疮百孔忙碌的日子里，也可以正儿八经地闲上一小会儿。

【袋装牛奶配烧卖】

闹铃一响，几乎每个人都一骨碌地爬起来，争先恐后地冲向食堂，很多时候单纯是为了数量有限的流沙包和烧卖。

那是我对于初中那会儿清晨的最强烈的记忆了。温水温热的一袋袋装牛奶、两个流沙包、三个烧卖，要是早上凑巧能抢到这几样的话，没准背诵《兰亭阁序》和三角函数都会稍显铿锵有力些。现在偶尔会想起，那会儿拼了命地去大喜大悲，大彻大悟，大癫大废，多亲切的怀念啊。

青春要有一定程度的浪费，才会觉得可贵。

再年幼点的时候，时常会一大早屁颠屁颠地跟着外公去茶餐厅吃点心，也就是所谓的“饮茶”。只要我在，外公准会点上满满一桌的小蒸笼，虾饺、豉汁排骨、烧卖、菠萝油，一样都少不了。外公退休之后成了这家店的老油条，跟店家熟络得很。他存了瓶米酒在结账的柜台里，每每去了都要倒一小杯。我看着他呷上一小口，半眯着眼睛，一副悠然自得的样子。外公走了以后，我便没怎么去过那家店了。那一带老早就拆迁重建了，也说不准那家店是否还在。

多年后我搬来了伦敦，一个人。我隔三岔五会去伦敦唐人街香港人开的茶餐厅饮茶，还是会点熟悉的那几样，连同着乡愁，嚼两下一口下咽。

你的早安，我的晚安，时差七小时，隔了一个梦而已。

我悄然入眠，枕着你那儿碌碌的晨光。

天才与疯子

“人们兜兜转转，活了几千年，也没有学会如何去爱。”

《午夜巴塞罗那》里有这么一句话，不可否认，伍迪·艾伦是个天才，他镜头下的巴塞罗那稍许绵密，稍许黏腻，稍许浪漫。

当然，那只是伍迪·艾伦眼中的巴塞罗那。

我第一次到那儿的时候十九岁，压根儿就不懂什么情迷巴塞罗那。当时的我攒了半个夏天在外卖店打工的盘缠，带着简单的行囊一口气从苏格兰飞到了西班牙，途经塞维利亚和马德里，末站是巴塞罗那。

从马德里出发，记得当时还是个穷得响叮当的留学生，因为舍不得花高价买快车的票，坐的绿皮火车是那一条线上最便宜的一趟，速度慢慢悠悠，也没有空调。

我一路坐着摇摇晃晃的破旧的火车驶向巴塞罗那。

整节车厢里就我跟一个老太太两人，我将窗户开得大大的，让风灌进来，枕着夏天的晚风昏昏睡去。

其间我被老太太摇醒，她噼里啪啦对我说了一大堆我听不懂的话。见我无动于衷，她便皱着眉头怒指大开的窗户。

我懂了，便只好极不情愿地将窗户关上。车厢闷热起来，窗外掠过的城市渐渐亮起了星星点点，倒退的沿途的灯忽远忽近。

绿皮火车“哐当哐当”地往前开。

“真不知道我是把毕业证书发给了一位天才，还是一个疯子。”高迪的校长在授予他毕业证书的时候喃喃道。

毋庸置疑，土生土长的高迪是一位天才。

如果说故宫、长城、颐和园等是北京具有代表性建筑物的话，那么对于巴塞罗那来说，圣家族大教堂、古埃尔公园、巴特罗之家、米拉之家等迷人的建筑无疑是巴塞罗那一张张吸引人的名片。

特别是这些名片上都赫然印上了同一个名字——安东尼奥·高迪。其中，童话王国般的古埃尔公园就足以让高迪名垂青史。

公园正门那只彩瓷拼贴的巨型蜥蜴甚是娇艳，就像童话里的守门神兽，瞬间让你觉得步入了丛林里迷离的异域之中。

城堡内，似乎到处都悄悄隐藏了各种奇异生物的踪影。

梁旁边露出一小段的尾巴，天花板垂下来的角，柱子上的鳞片，绒毛状的花纹，这一切都向你娓娓道来一个个有趣的故事。

日落余晖时，坐在城堡屋顶上海岸线般绵延的长椅上，说不定那个故事里的公主就朝着你拾贝而来。

他也是一个疯子。

有人曾说，“只有疯子才会试图去描绘世界上不存在的东西”。

在高迪奇特的脑瓜里，他认为大自然是没有直线的，直线是属于人类的，曲线才是属于上帝的。

他疯狂的想法很好地体现在他的另一个代表建筑，一座闹市中央的海底世界——巴特罗公寓。

建筑内无论一门一窗一栅栏，还是一桌一椅一瓷砖，都是由波浪板的柔美曲线构成。梦幻蓝的瓦片与天窗洒进来被彩绘玻璃染色的光线营造了浓浓的海底气氛。墙壁上绵延不断的动物肌理，再配上蛟龙脊椎似的屋顶，行走其间，仿佛置身于一头海底巨兽体内。

高迪的意外死亡无疑是西班牙历史上一个让人潸然泪下的悲剧，逝世后的他被葬在了仍未完成的圣家堂之下。每一次教堂顶端的钟声响起，每一次黄昏的霞光掠过十字彩绘玻璃时，都是一次对高迪的纪念——一位疯子般的天造之才。

圣家堂教堂顶端的钟声响起，我自作多情地想，这钟声也顺带纪念了我的那些转瞬即逝的年少时光吧。

Copenhagen
哥本哈根。

NPH400 2

KODAK PORTRA 400

我在丹麦没有找到丹麦曲奇

醒来之后，我下意识地点开了手机里的伦敦地铁时刻表。

晨光透过百叶窗细小的缝隙钻了进来，将灰蓝的墙壁晕染出一道道橙黄色的横杠。我盯着天花板上有些年头的水晶吊灯看了好一阵子，反应过来后戏谑地拍了一下脑门。刚刚有那么一刻，我恍惚忘了自己身处哥本哈根。

下雪了。

四月初的北欧仍旧似寒冬，出发之前我在伦敦还跟友人喃喃抱怨了一番英国厌人的天气。下榻的民宿是一家十七世纪建成的城中小楼，墨绿色的房子隐匿在一排颜色各异的彩色小房之间。鼻腔里充斥着一股冰冷的空气，轻易便能哈出一缕热气。我躺在床上刷了一会儿手机，这些年养成了个习惯，晚上睡前最后一刻是看手机的，醒来的第一瞬间也是打开手机查邮件回信息。似乎没有了网络，瞬间就像只断了尾巴的壁虎，无所遁形。

城市也跟着醒来了，伴随着楼下叮叮一下扬长而过的自行车铃声。

我身上还是穿着昨日没有换洗的衣服，现在床脚边上的行李也只有一个随身包、一台笔记本电脑。到达哥本哈根机场的时候，被告知托运的行李箱被落在了伦敦的机场，需要两三日才能送达，我只好灰头土脸地前往住宿地。说来也奇怪，当时的情绪矛盾得很，一方面因为航空公司的行李延误让我怄一肚子气，另一方面我却窃喜于很久没有这么轻松自在地跟一座陌生的城市打照面并穿行其中，通常都是"吭哧吭哧"地满手行李。从机场出来，两手空空地坐在地铁里，我看着车窗外辽阔的滩涂和车内安静读书的男生。

民宿的楼下拐角便是一家意大利餐馆，不太起眼的门面，在一排彩色房子的负一层。

带着浓重口音的意大利老爷子端着餐牌盛情招呼，老实说，前晚睡了两小时就起来赶飞机，到达哥本哈根之后却被告知托运的行李还在伦敦。赶在复活节假店家关门前草草地把生活必需品买齐，我整个人丧到不行，准备随便吃点就睡了。

意大利一直是我很喜欢的国家，无论是人文，抑或是美食。上菜后，我感到分外惊喜。Pizza和Pasta都做得相当地道，不比我在意大利吃到的任何一间差。热乎乎的意大利面被端上来，薄薄的Pizza上桌时以一种胀得鼓鼓的姿态，那是烧烤时的热气还没来得及散去。红色等暖色系最能激发人的食欲，所以在意大利美食中最不缺少的就是红色。被世界人民熟知的番茄酱意面，如丰收的稻谷般金黄的意大利面，配上意大利人毫不吝啬地浇上的鲜红鲜红的新鲜番茄酱汁，还有点点的罗勒碎。在哥本哈根的第一顿就这么解决了，我糟糕的心情一驱而散。

隔天拜访了一家名字没有很响亮的家居店。店面隐藏在闹市的一个小门后面，没有特别的招牌，以至于一不小心就会错过。走进绿色的大门，随着吱吱呀呀的木头扶手楼梯一直往上，到达第二楼，就有豁然开朗的感觉，店面很大，次落地放着家具。店员不会特意地走近你，只有在目光相会时，给你一个微笑。

雾霾蓝，脏粉，姜黄，鸽灰，砖红，家具颜色丰富，明度却很低，静静地在那里随时准备给你一个温柔的拥抱。 店中售卖的物品没有任何过多的装饰和花样，甚至不会有一根多余的线条，北欧人就有这个犟性，势必将极简风格表达得淋漓尽致。但是在细节处又很人性化，在使用时，你会理解设计师的用心，从而会心一笑，完成和设计师的一次隔空对话。正所谓大方无隅，大器晚成。大音希声，大象无形。留白，克制，也许是我们在现在信息轰炸时代内心深处最向往的吧。

“世界上我喜欢的人没几个，你占了俩。”汉斯对莉莉说。

——《丹麦女孩》

我在丹麦没有找到曲奇，但是女孩倒是有一个。但凡看过《丹麦女孩》的人想必都不会对那一排排对称的黄房子陌生了。到达Nyboder的时候，那儿空无一人，毕竟绝非是个哥本哈根传统的旅行景点。一排排姜黄色的房子就这么安静地排列在闹市之中，瞬间让你忆起电影里那个浪漫而又残忍的世界，一幕幕古典气息极浓的画面。轴对称的黄房子，一望无际，形成了强烈的视觉冲击。那一片相连的几乎全是这种黄色的小平房，在闹市之中静谧得很。Nyboder是丹麦哥本哈根前海军军营的排屋区。被包围在五六层高楼之间并排着的黄色矮宿舍，自然散发着遗世独立又可爱的气息。

哥本哈根的街上涂着莫兰迪配色的房屋，笔直的道路，抬头挺胸的骑车人，他们随风飘扬的衣角，像极了北欧的文艺电影。

向海

一切过去了的都会成为最亲切的怀念。

似乎由关于海的字眼可以蔓延出许多模糊情节的边缘，一张张叠拼在脑子里，像一列火车的车窗，霎时间在眼前呼啸而过一样。但是到了要逐一刻画出具体的点线面时，一幅幅又随即变成光精灵那样突然消失在树丛与阁楼之前。

几乎每次出行前都会认认真真准备途中要听的曲目列表。我确切地认为旋律的记忆能力不容小觑，每当某段旋律响起的时候，相配的某段画面或者记忆准会不凑巧地随其而来。相信与否，时至今日我还是背着沉重的CD机，用大耳机听音乐，硬生生地觉得一张张实体唱片远比那些数字格式的音乐文件要来得实在。放了学没事做，我就坐二十分钟的公交车去城西的一间二手唱片行淘歌碟。我住的公寓楼下酒吧那个乐队翻唱的都是冷门的歌曲，老板用了三周多时间才找到我托他找的那张唱片。

友人从未放弃取笑我依旧用CD机的事，也一遍遍劝阻我。可我还是老样子吧，念旧到无可救药。一旦我认为可贵的东西，习惯了的东西，要再改变也不易了。

那张唱片被我一遍遍地重复播放，尤其是乐队翻唱过的那首。二手唱片有点被磨损了，第六首之后就出现唧唧的杂音而无法播放。我一个人走路去上学，放学，去打工，下班。满街金发碧眼的居民的城市里，大多时候都陌生得很。我停驻在红灯前面，盯着远方的一点放空，耳机里那个慵懒的女声在唱："I'll find a way, to see you again, to see you again."看见身旁的人群往前移动，我才意识到要迈步。

"我会找个办法，再次见你一面，再次见你一面。"她一遍遍地唱。

你看，我还没反应过来，绿灯就亮起来了。

前不久，我与友人驱车沿着英格兰的海岸线一路向南，驰往康沃尔。我们在岛上下榻的是一间自家经营的旅店，靠着海，在几十年的打磨下日益散发出久远的气息，却不失一丝不苟的精致。清晨定会闻到底层厨房传来晨炊的香味，入夜后能听到走云声，风起声，和隐隐约约的浪声。

离开前的那天，我去了英格兰大陆的最西南角，到达之后几近黄昏。我看见岛屿的末端奋不顾身地向外延伸，可终究没有融入大海，留下一片高耸的断崖，还有一座灯塔孤零零地立在断崖旁边，海鸟围着灯塔在低空盘旋。我小心翼翼地坐在了悬崖边缘，不敢往下看，下方的悬崖足有三四十层楼高，眼前是无尽的涛纹与海面。四周渐渐起雾，灯塔发出的亮光射向无边的灰蓝色里，整片大陆就是腾空在云顶的岛屿。

繁星流动。

就如同抚平沙滩一样，四下，大海已经温柔地将生命抚得十分平整了。

像候鸟一样南飞

早在几年前，我怎么也不会想到如今的自己，大半的日子都一个人在舟车漂泊的路上。

回到伦敦的公寓时夜幕已把这座城市笼罩，万家灯火昏萤，不远处金融城仍旧不停息地散出刺眼的光。我刚从一个差旅中结束，硬扛着困意，万般不愿地把行李箱里的衣物丢进洗衣机，替换成干净的一摞，整理行囊，准备两天后的下一趟旅程。

启动的洗衣机滚筒哐哐地滚动起来。

十八岁以前，坐飞机的次数大概两只手能数出来，五次夜间飞行，三次白天的，大多数是与家人一起外出旅行，碰巧数次都是坐在窗口位置。记得当时的我，每每飞机腾空后便亢奋地用关掉无线电的手机对着窗外拍照。鱼鳞般的大片云朵涌向远处中心处的太阳，眼下四周都被染成了纯净的金色。很羡慕能随时穿梭入云的飞鸟，偶尔也会泛出这样的冲动——击破窗户，跳进这片金黄之中。

我会习惯性地在公寓的客厅里放一束花，独居起来便觉得不仅仅是只有自己在这空间里汲取这空气与阳光。后来，我也把这习惯带到了工作室。有时间的时候，我会在周日去东伦敦哥伦比亚路花市凑凑热闹，顺手从花农那里买回一束新鲜采摘的花儿。但碰上忙的日子，会在靠近公司地铁口的便利店里面买。英国便利店打包好的花有一点我觉得特别有意思——它会标明“赏味期限”。好比说玫瑰，它的标签是六天；百合一周半；满天星十三天；不早不晚，在到达赏味期限的那天，花儿大多数都会无可抗力地耷拉下来。当然，天气冷的话，指不定能把战线多拉长个二两天。

出差回来工作室的花早就凋了，枯掉的瓣儿散了一窗台。

后来我在友人的日志里读到一句话，说得特巧，花的生长就是时光的投射。

英国的冬天丧得很，四点不到太阳便打烊，往往下班出来便完美错过日落，只能踩着灯光与影子归家。

看过两次印象很深刻的日落，一次在佛罗伦萨，另一次在圣托里尼，我也曾不止一次地用文字去忆起。

那天佛罗伦萨的米开朗琪罗广场三三两两地散落着行者、恋人与街头艺人，日光将眼前的老城浸泡成渐层的橘红色；而圣托里尼号称最佳观海点挤满了旅人，无垠的水面反射出粼粼的晚霞。这两次日落有个特妙的共同点：当最后一丝余晖消逝在佛罗伦萨老城的深巷，当爱琴海将圣托里尼的日落一口吃掉的时候，大家不约而同地欢呼鼓掌。也许是庆祝美好的一天结束，也许庆幸着糟糕的一天终于结束，抑或单纯被眼前的日落所灌醉。但我们都在同一霎，拍起了双掌，共享了一点私人的情绪。

那感觉棒呆了。

彼时伦敦的日光早已消散，随后便是漫长浓重的夜。也怪不得候鸟每当秋末初冬暖意仍未消逝便迫不及待地成群迁徙。

所以一切也只好缅怀，只好趁着候鸟路过，将思念与心事掺杂在气流中，往南飞行。

装满一小舟的缅怀

利昂终究还是不辞而别，就像他当初的不请自来。

早上醒来时，我发现客厅的沙发床被收了起来，叠好的毯子搭在沙发靠背上，抱枕一个个垒好放在地毯上。布丁玻璃罐子做成的烟灰缸已经清洗干净，剩下两枚新鲜的烟蒂，下头压了张纸——准确来说是撕开来的空烟盒，上面歪歪扭扭地写着“see you soon”。

啧，自以为幽默。

虽说阿姆斯特丹已经入春好一阵子了，但是踩在木地板上还是能感觉到脚底冷冰冰的。突然听见门口响了一下，我下意识地以为谁拧钥匙进来，两封信啪嗒地从门口信箱里塞了进来，掉在地上，还夹杂着一张多米诺比萨买一送一的宣传单张。也是，要是那个不修边幅的家伙能把借宿的客厅收拾得像模像样，那准是走了。我把信放在鞋柜顶上的收纳盒里，这套公寓是我临时短租的，房东临出远门的时候特别交代了这一点。我陷在沙发坐垫的缝隙里，好像只要稍微再用点力就能把自己塞进海绵里面，已经提不起力气追究了，没劲儿。

“嘿，兄弟，我在阿姆斯特丹有个场子，小型的livehouse，来看我呗。”陌生电话号码的来电，可一秒就能断定是利昂，只有他才会这么理直气壮地称兄道弟。

“再看吧。”我说。那会儿我在伦敦念硕士，入学半年，刚好临近复活节假期。

利昂是我十九岁时在苏格兰的死党，室友。

形容利昂的外貌的话，一头卷毛，深绿眼睛，一米八几，一半希腊一半苏格兰血统，还算标致。我在大学的新生周活动上认识利昂的，在学院边上的酒吧举行的填字游戏，两人一组。我一个人刚到苏格兰，新生周但凡是个活动都去参加，想说多认识些人准没错。那天我和利昂分到一组，我俩填字游戏玩得很烂，一塌糊涂。我是因为英文不利索，他则喝多了。

相聊之下得知他是建筑系的，利昂说他也不知道为什么选择建筑系，他爸是建筑师，他和他哥都顺理成章读了建筑系。我跟利昂提了一嘴说我在找校外的公寓租房，他正儿八经地跟我正式地握了握手，说，以后咱俩就是室友。

“我是个注定要当吉卜赛歌手的人。”利昂信誓旦旦地说。

我打趣道，吉卜赛不就是街头流浪汉冠冕堂皇地套了个高帽子罢了。

“无知。”他举起食指在我跟前晃了晃，一脸自豪。

我并不指望前一晚的握手立誓有多靠谱，况且利昂黄汤下肚之后鬼知道哪句真哪句假。次日，他便不请自来砸开了我学生公寓的门，拿了一沓租房中介的传单说，咱找房去。当时我多少有点对这家伙刃眼相看。我俩找了学院后边的一座山坡上的公寓，不远不近，每每下课还要爬个十来分钟山坡，好在价格公道。

公寓里该有的基本家具都有，沙发有些年头，包裹海绵的布料早就起球了。我时常会坐在客厅的窗台上，和他天南地北地瞎聊，利昂会抱着他的吉他哼哼唱唱。窗外头是小镇的灯火昏黄，星星点点，再远点是泰河，隐约地躲藏在一排屋子的背后。利昂常煞有介事地点根烟，半个身子探出窗台，一口将烟吐进黑夜里，然后转头看着我，扬了扬下巴。我和利昂在周日的二手旧物市场淘了些小部件摆设回家捯饬了一番，他展开双臂倒坐在瘪了的沙发上。

“Home sweet home！”他说。

得知我圣诞节并没有回国打算，利昂邀请我去格拉斯哥跟他家人一块儿过。我拒绝了一次，毕竟一家子团聚过年，我去不合适，也尴尬。

临近平安夜的前几天他执意要我去跟他一块儿过节，他觉得圣诞不该一个人待着，我只好硬着头皮答应。

圣诞节的传统对我来说都挺陌生的，只是在影碟里面看过。我给利昂的爸妈挑了对水晶酒杯，准不会出错，给他哥哥查理选了个美国英雄的周边，我俩碰过一面，他是个标准的漫画迷，然后给利昂买了只像模像样的火机。他那火机十有八九失灵，老在那儿叭嚓叭嚓地打着，最后还是靠着炉头的灶火把烟点着。

平安夜没有下雪，他们说，已经连续三年没有白色圣诞节。

倒是淅淅沥沥下起了雨。

他家在格拉斯哥的郊区，利昂开车来女王路的火车站接我，电台一直循环播放着圣诞的歌曲，他换了几个台，都一个样。后来索性把收音机关掉，有一搭没一搭地和我聊着天。他家是一栋三层小房子，住宅小区到处都挂满了圣诞的灯饰，一家比一家亮。利昂一家对我很热情，性子就像他一样，自来熟，有时候这种热情让我怵得很。跟电台一样，电视上也循环播放圣诞歌曲的音乐录影带，玛丽亚·凯莉的，或再新点贾斯丁·比伯版本的。他们一家也每人都很贴心地给我准备了圣诞礼物，无非就是袜子围巾那样的安全牌。利昂给我送了把巴掌大的口风琴。饭后我和利昂来到院子里，也许是屋子里太暖了，出门的时候着实冻了一下，冷风从衣领鱼贯而入。我不由自主地耸了耸肩，鼻涕瞬间就出来了。他颤颤巍巍地卷了根烟，用我新送的火机，一下子就点着了。

“我要休学了，没劲儿。”利昂踩熄了烟蒂，然后把它捡了起来丢进了垃圾桶。

后来，我也常常把“没劲儿”一词挂在嘴边，相处久了多多少少都会在对方身上盖上几个戳儿。

一进屋，热气就将眼镜雾成一片。

圣诞过后的新学期利昂果然休学了，我俩还是室友。

我开始了打两份兼职，修了几门新的学科，两点一线的生活。利昂用积蓄买了套录音设备，每天都在捣鼓吉他，写歌，录小样，偶尔也会接一些小镇当地小场子的活儿，也唱过私人派对和婚礼。周末的时候他会邀上一大堆朋友到家里来，人多都是学院里的旧友，大家就席地而坐听听利昂的新歌。记得当时有个很流行的手机软件，是发一张图然后配一段语音。我拍了张利昂低头抱吉他的照片，录了一小段他唱Talking Heads的*Psycho Killer*。副歌一直重复着“Run run run run run run run away……”，没隔多久他就离开了苏格兰，去当他口里说的吉卜赛歌手。

多应景。

说到底，都是一次次地不辞而别。

这次来阿姆斯特丹本来和利昂约好了去近郊的森林公园晃悠一下，一声不吭就走掉了，这么一想多少还是有些怄气的。利昂形容的所谓在阿姆斯特丹有个场子，无非是个小酒吧。那晚他跟酒保小哥套近乎要了一扎调酒，非周末的时段酒吧里也就稀稀落落几个人，利昂在角落里弹奏。好几年了，他还是没能把乐队组建起来，依旧单打独斗。我打起精神从沙发上起来，抄起房东的单车，顺着手机的导航往一片深绿的方向踩。倍儿冷，真后悔没在出门的时候多套件外套。

房东的自行车没有锁，只能寄存在公园湖边的小卖部那儿。

我租了条小舟，还没完全坐进去就差点人仰马翻，倔强的工作人员执意让我套上救生衣才肯放我上船。我一个人生疏地划着小舟往密林的方向前进，也许是风停了，也许是救生衣起了保暖的作用，没觉得冷得那么难受了。在阿姆斯特丹的那次，居然是我最后一次见利昂。当然，来日方长。

总会适应的。

大抵也只能容纳一人躺平的小舟里，载满了一整船的缅怀，于利昂，也于那一大段荒唐无知的年少日子。

est
son
accueilli
avec un
son cœur
d'un être
son devoir
ne lui

雨夜巴黎

paris in the rain

Paris, je t’aime

此前一直对巴黎喜欢不起来，直至这一次。

这么说可能太片面与偏执了，大抵是因为几乎每次都是匆匆一别。由于工作关系，这座城市我来过的次数一个巴掌数不过来。每年的春夏以及秋冬的巴黎时装周，在一票灯红酒绿，名牌堆砌的场合里走马观花。非要我用几个形容词来描述巴黎的话，跑不开“奢华”“纸醉金迷”“浪漫”，甚至“风尘”这些词。

两周前的秋冬时装周发布会，我再次起身前往巴黎。

临走前伦敦下了一场大雪，英国今年的冬天也是霸道，一下子把战线拉到了三月下旬，迟迟不让初春露面。开往巴黎的列车要在英吉利海峡底下穿过一条长长的隧道，冲出黑暗之后，是一片无垠的原野，再渐渐驶往车水马龙的城中。

正巧，到达巴黎后的第二天，那儿也开始下起了雪。

我戏谑道，咱们把伦敦的阴冷丧气都带到巴黎了。

一并同行的友人把巴黎列在了他最喜欢的城市列表的顶端，为了带我更好地逛逛这个地方，我们决定工作结束后在巴黎多待个几天，并且执意在时装周结束后从客户订的酒店搬出来，移居到玛黑区附近的一家民宿。房子是十八九世纪遗留下来的老建筑，房间在顶楼，却并没有电梯，取而代之的是立在建筑中央带着半锈扶手的楼梯盘旋而上。我俩就这么在雪里拖着两个死沉的行李箱走了一段坡路，然后一步一歇地把箱子扛到了顶楼。老实说，我恨不得立马就飞回伦敦的家里躺平了。

次日，我们慢慢悠悠地晃荡在巴黎的小街小巷。

在玛黑区吃了精致的甜点，逛了设计师小店；在雨中的的士里路过了熙熙攘攘的红磨坊；随后在圣心大教堂背后蜿蜒曲折的天梯下看到了放晴后的彩虹。日落时分的小丘广场人头攒动，身后是一整片浸泡在橘红余晖下积木般层层叠叠的房子。华灯初上，四下昏萤。广场里年轻的艺匠抱着吉他忘情吟唱，扎着丸子头的巴黎女生踩着节奏在大街上起舞。我们就在路边的酒吧坐着，伴着街尾可丽饼的香气，我喝了一大口冰啤酒，不得不说，巴黎很美。

然而好景不长，下一刻友人就发现放在身边板凳上的背包不见了。

肯定是哪个小混混趁着来来往往密集的人潮顺手牵羊了。还没来得及愤世嫉俗地破口大骂，我们便意识到胶卷、相机，以及民宿唯一的一串钥匙都一起不翼而飞了。联系房东之后得知，他最快也要午夜过后才能把备用钥匙送到我们手中。看吧，就说这座城市我一点儿都喜欢不起来吧。

晚饭过后，我们垂头丧气漫无目的地在河边走着，有一搭没一搭地瞎聊，试图稍稍驱赶这不安而烦躁的气氛。塞纳河却静谧得过分，气温低，但河边依旧零零散散徘徊着一对对恋人。在昏黄的路灯下，抑或在汩汩流淌的河堤边上相拥，亲吻。前不久在线上看了一个演讲，是关于猎豹的，演讲人是十年远离城市住在非洲草原的摄影师。他说，猎豹就是极美而又极脆弱的生物，多年的进化使得它们虽然动作敏捷，却因锁骨退化战斗力变得很弱。零点后的巴黎悄然入眠，像极了他口中的猎豹，收起了张牙舞爪，极美而脆弱。城市的灯光熟睡得也晚，融化在塞纳河上化作星星点点。

Paris, je t’aime，是一部很棒的文艺片的名字。

翻译过来是——巴黎，我爱你。

ed by an alm
the di

Chapter 03

第三章

侠

APOCRYPHAL
NEW TESTAMENT,
The Gospels, Epistles,

Lake Palace Hotel
Udaipur India
"BEEFEATERS HAVEN"

London,
London,
London,
London!

Some say hi, some say bye

说到底还是自怨自艾。

一月中旬的南法比我想象中暖很多，也冷清很多。选了个离尼斯不远的地儿住，一连几天的大晴天多少也会让人从新年过后的一段死气沉沉中缓过来些。

整个小镇好像只有港口的那两家餐厅在饭点时段经营那么一小会儿。其余巷弄里的小商店清一色地全天候闭门谢客，多潇洒。这么一个充满小情小调的小镇子，不难想象春夏季会熙熙攘攘。

“单着就单着呗。”我想。

近两年身边的家人与友人多多少少会时而打擦边球试探，或劝说我，该找个伴了。也不是没有试图努力，就前阵子，在伦敦约了个会。是在社交软件上认识的，我总觉得现在朋友圈越混越窄了，同样变窄的也有舒适圈。我俩经过几次简单的网上交谈之后，约着碰一面。想说见一面也无妨，无非就是下班后约在市区的酒吧喝一杯，顺眼的话顺道吃个晚饭。

我先到的，对方后脚就到了。我俩点了杯啤酒，有一搭没一搭地聊着，老实说，冷场居多。一个问答接着一个问答，我也没找到一个合适的话题去侃侃而谈。整个约会持续了四十分钟，并没有想要继续吃晚饭的意思。不得不说伦敦的冬天真是有够丧的，酒吧门口光秃秃的枝丫和耷拉的垃圾桶，在昏黄路灯的照射下，可怜兮兮。临走的时候，告别前蹭了根烟。

说了再见。

趁着南法的工作之后决定在这个小镇多待个长周末。

吃的选择并不多，唯二开的两家餐厅，一家法餐，一家意大利菜。我在意大利餐馆点了份肉酱意面，端来的时候是一份千层面。想了想觉得，千层面也行，便啥也没说吃了起来。就餐期间服务生还热情过来询问一切是否妥当，我点头比了个“OK”的手势。唉，老毛病，有什么事不会利落地戳破，只好一股脑地跟自个儿怄气。好比说想拒绝却不好意思拒绝的事情，没拒绝；希望见到的人，没挑明。

尼斯的海在傍晚时分，不涨不落，平静得很。

落日还有好几个身位才完全消失在海平面便不吝啬地将大半个天空都涂上一层金漆，云少得很，天空像块白帆布被均匀地晕染得层次分明。

盘旋在头顶许久的海鸥，看准我起身的那一刻，俯冲下来，毫不客气地叼走了一根桌面上我吃剩下的薯条。总是对过往无比缅怀，也却仅仅停留在缅怀二字而已；也三番四次对此，念念叨叨，喋喋不休。

有些人匆匆说再见，而有些人，会再见。

春邻

远乡近乎没有留下多少深刻记忆，只是一些琐碎的点滴。

我的故乡是一个古朴的小村庄。

不仅仅是定义在了古老与淳朴之间，甚至还可以囊括进幽静与清贫当中。村里的房子大多是城里人鲜见的用大块大块黄泥石砖堆砌起来的泥砖房子。

土黄色的房身黑色的瓦顶，一间间或整齐或交错地折叠成一条不太起眼的小村庄。随处可见一个个以几根杉木为支柱，顶部是锥形用禾干草扎成的小棚子，用来堆放些柴木或者圈牛。这几年才逐渐有村民盖起了红砖的屋子。屋子的外墙并没有贴上锃亮的瓷片，只保留着原本的砖红色，多少有点寒酸和粗糙。

若碰巧有飞鸟鸣叫一声划空消失，或许稍稍能把这片寂静啄出一个小孔。

多么喜欢清晨的故乡。

天似乎特别早就开始微微发亮，天空由灰到墨蓝转变到淡蓝，晴朗的日子里没有一丝云絮。此刻村庄里的土房烟囱飘出一缕缕白烟，晨炊的味道顺着微风而渐然入鼻。随后，天彻底地亮透。尽管看起来村庄似乎仍旧安睡，但村民们却早早出田间劳作，年纪稍长的孩子也会下田搭把手，剩老人与年纪小些的孩童在家里闲着。正当起风的时候，大片林海会随之晃摆起来。碰撞的叶片之间摩擦出空响，夹带着小孩子的咿呀喧闹。打禾机哐当的轴承滚动声，鹰鸟与蝉的咕叽叫鸣，鸡豚狗彘的嘈杂声也一并渐渐响起。

整条村落都苏醒与哄闹起来。

小学某年暑假我回老家住了一整个月，那是我记忆中在老家待的时间最长的一次了。记得那会儿我老学着邻居的小伙伴在左手手腕上用圆珠笔画一只手表。认真地标出一到十二的数字。时针指向八，分针停留在数字十二上。手上的时间一直停留在八点钟。颜色褪掉之后又顺着手背上的印迹重新画上另外一只 。

依旧是八点钟。

大人们忙着早出晚归夏收夏种。老人们也帮忙在地堂上晒晒谷，滚烫的日光毫不客气地洒落在头顶。我时常跟着邻家小伙伴到田间玩耍，小步小步地沿着细长的田基一路走过去。风拂而过的时候，两旁及腰的水稻相继伏倒向同一个方向。让我想到电视剧《西游记》的一个场景，几师徒要渡河时，平静的河面霎时间急促地由中间向两边腾流，河间凸现出一道细长的路。走过两道独木桥，就能来到山涧里。

密集的林荫下，水流潺潺而过。偶尔有几片叶片从树上飘落，似是之字形的轨在空中转几圈后，安稳地贴到水面。我脱掉凉鞋，坐在杂草上，把脚伸进冰澈的溪水里。正好能躲开热辣辣的太阳，在树荫里打个小盹。年纪稍大的女孩们提着大篮的衣服到涧里洗，她们挽起裤管站到涧中，轻声交谈，却笑得大声爽朗 。木盆被架在一旁的石板桥上面，女孩们用洗衣刷唰唰地用力擦洗着。没多大会儿小溪便泛起了白花花的泡沫。刷完后将衣服平铺在水面上，任它漂流一小会儿。

衣服漂到不远处时，又轻轻将它拉回来。

不断重复着。

我跟着小伙伴们相互踩着影子到山林里，回响的雀鸣，会让我一时间觉得鸟儿没准就是站在我的肩膀上头。我试过和小伙伴们手拉手去环抱那些粗壮的参天大树，然后咯咯咯地笑。上次回老家，我试图去找那几棵树，绕了好几圈，愣是没找着。我想它们说不定早就被砍掉了，抑或它们并没有记忆中那么大，就在我跟前，只是没能认出来。最常玩的游戏就是自制小手枪，折些拇指般大小的竹筒，用小刀将它两头削整齐。摘些不知名的小野果子塞进去，用稍小一点的竹篾用力一捅。

响亮的一声，叭。

村庄里有建些古老的祠堂，用来供奉祖先和举行节日的庆典。小时候过年时跟随奶奶到祠堂拜祭时，都会被肃穆庄严的方正牌门镇住。我不懂事地站在门口不敢进入。双手合十在额前用力地拜几下便撒腿跑去玩耍。

奶奶却慈祥地对着我笑。

尽管我每年都回去一两趟，但是一旦走进道道交错的小巷里面，就准会迷路。巷间大多都是泥石路，也有少数以前地主家的巷前铺着光亮的青砖路。青苔长满墙角的缝。村里仅有的一间不起眼的小卖部前面，搭建着一个小竹棚。村民们喜欢在里面乘凉，谈笑风生。小女生们在一旁自顾自地编织着大葵扇。手拿镰刀腰间绑着深蓝色裙带的妇女，在午间小憩之后出田间劳作，一丝不苟地在发髻上绑一条编织精致的红绳子。

偶尔有些小孩子在祠堂水泥地上玩一个传统的游戏，一时间也叫不出它的名儿，他们手里拿着一根铁丝在巷里哐当哐当地滚动着铁圈儿。我一直在诧异为什么细小的铁圈可以稳稳地立在地面上而不倒下。

挑着担子的大叔边打趣边从小鬼们身旁匆匆走过。

手里拿着搪瓷杯喝茶的老人家，坐在屋前的藤椅上，一摇一晃。皮肤黝黑的少年骑着单车载着刚割下来的稻穗一闪而过，干净爽朗，好看的脸廓，鬓角上垂滴着大颗汗珠。

日落黄昏村子又重归沉寂，结束了一天的忙碌。

天黑以后，整片村落灯火昏萤。

没有铁闸与防盗门。

没有喇叭刺响与建筑工地打桩的重锤音。

没有灯红酒绿与霓虹。

没有高楼林立与光滑瓷片。

却有古老的大木门和自己用铁丝屈成的生锈钥匙。平日市区中稍显聒噪的蝉鸣在这儿也会变得恰如其分。

远乡静谧地搁躺在山间，直到下一个春天。

借我一卷菲林

那天，友人来我的公寓里聚餐，饭后我们坐在房间的地板上翻看我拍的照片，我不自觉地跟他讲起这些照片的故事。

“这张是在爱丁堡卡尔顿山拍的，那天的风异常猛烈，那两个女生就那样安静地靠坐在悬崖的边缘，轻声地耳语着，不时地发出几声爽朗的笑。山坡上的草亦如浪涛似的，一拨一拨地倒向风吹走的方向。她们俯瞰整个斑驳的爱丁堡老城，日落，薄云流动，我在她们身后悄悄地按下快门。风将她们的发梢呼啦一下吹向半空。”

“哦，这是在威尼斯圣马可广场拍的。我背着相机在广场闲逛，一个约莫五岁的小女孩跑过来扯我的衣角跟我讲话。她讲的是意大利语，我除了开头的‘你好’之外，其他的全没听懂。她妈妈走过来跟我道歉，我忙说没关系。经解释之后，我才得知小女孩跟她妈妈出游，她妈妈忘了带相机，小女孩急了就开始找附近的人帮她拍，她便找上了我。我马上答应给她拍，举起相机的时候，小女孩害羞起来，低下头，腼腆地笑了一下。她们留给我地址的那张小字条也不幸在旅途中丢失了，所以我始终未能将照片寄给小女孩。”

“你是说那个金发的小帅哥？哈。他叫戴维，是我镜头下的常客，也是我的同窗好友。第一次拜托他当我的模特，是因为学校的一次作业。刚开始拍的时候可尴尬了，他对着镜头也有些不好意思。我让他戴上耳机自在地做自己舒服的事，然后我不动声色地游走在他的附近拍摄。后来我们一起想了一些很棒的主题，也去过不同的有意思的地方拍照，他总是有着许多古灵精怪的妙点子。”

友人感慨我的记忆力真好。

我说，我吧，说来也奇怪，在生活上本是个大头虾，健忘的人，但一旦看到自己拍下的照片，快门前的故事就兀自娓娓道来了。

我总觉得照片就是最好的述说者，它比文字多一份直观的视觉冲击。但比起电影，照片却又留白了更大的一个空间去让看客遐想。而拍照本身，就是一个记录故事的过程。

“闭上右眼。”

透过捕景器看着模糊不清的世界。

“扭这里，这里是对焦。”

渐然清晰。

“旋转这里可以调焦距。然后，就可以按下快门。”

咔嚓。

这是我用胶卷相机拍下的第一张照片，只有半个歪着的草坪和三两棵小树，跑焦得一塌糊涂。

要是让我正儿八经地谈摄影，我还真的是个门外汉，我甚至连那些林林总总的专业名词都没搞明白。我在苏格兰某小镇的一家二手相机店里淘到这台陈旧的二手相机，估计不止二手了，相机后盖上已经有不少划痕。挑了一个相对便宜的镜头，几卷普通的胶卷，我便开始了用照片记录故事的旅程。

有时候，我觉得在镜头的世界里，我可以是个自大的造物主、狂妄的主宰者。我可以随心偷用这个世界创造出来的无数的颜色。

这样的一个世界，它是奇妙的。

没准在许多年以后，我在一个和煦的午后坐在餐桌旁，翻看一页页蒙尘的旧照，与你细说那些道不完的回忆。

Oxford Circus
Warren Street
Euston
King's Cross St. Pancras
Highbury & Islington
Finsbury Park
Seven Sisters

the sound of memory

关于声音的记忆

声音一罐

除了味道，一直以来，都有迷恋各色各样千奇百怪的声音的习惯。

最初对声音产生的敏感是幼年时期。

爷爷奶奶家是在山里头一条宁静的小村庄，怎么形容呢，早年间，它的方圆一公里内只有一间简陋的小卖部，没有菜市场，只有几个小地摊卖鱼卖猪肉，蔬菜都是各家各户自己种的，电视电话不多，那会儿的老家多少有点世外桃源的意思。小时候每逢过年都会回到爷爷奶奶家，坐客车回去的时候，中间要路过一个极其陡峭的山坡，司机每每都会以“太重了上坡会翻车”的理由将车上的全部乘客都赶下车，大家伙只好下车走上一段山坡，再重新回到车上。客车开动时，松动的车窗与窗框打磨出叽嘎叽嘎的声响，这声音是我讨厌的，隐约听见或者想起都会起鸡皮疙瘩。客车一直开到小镇大卖场边上，然后我们就改乘电动三轮车屁颠屁颠回到村里。

对了，我幼年时最喜欢的几种声响都是源自爷爷奶奶家。

我在城里住时甚少会用到火柴，除了生日时候点个蜡烛。老家屋里头都是用灶头炊煮的，灶头上面囤着十来盒火柴，不是买的，都是用鸡毛鹅毛换回来的。点火时火柴头的硫黄摩擦到砂纸，“吱”的一声和硫黄燃烧的味道会让我倍感欢欣，只因跟这个声音和味道捆绑起来的记忆：其一是过年，另一个是生日。村里有这样一个习俗，过年过节，都会在神台上面点一盏煤油灯，灯被风吹熄了之后，会再点上。预示着长久与安康。

尽管靠煤油灯照明的年代早已过去了，但是这个习俗一直被村里人保留至今。我爸回忆当年的时候老讲一件事。我爸念书的时候，帮家里干农活，到林子里挖松香卖钱。他在树上凿个洞，下头摆个桶，边看书边等松香慢慢滴落。天色晚了便点一盏煤油灯就着微弱的灯光读书。某天没留意时间，夜深了，煤油耗尽灯灭了。他摸黑不小心把好几天攒的松香给踢翻了，怕我爷爷责怪便不敢回家，在林子里待了一夜。这故事我起码得听了有十几遍吧，说能倒背如流也不为过。每每我爸都会以“臭小子你啊，算是会投胎，赶上了好时代”来结尾。

记忆里那会儿我年纪太小了，还不太会擦火柴，我就想了一个办法，每次当四下没人我就踮起脚将神台上面的煤油灯吹灭，喊比我年长一点点的堂哥过来，让他点上，我就在一旁静静地听，使劲地闻。几次之后被哥哥拆穿我的诡计，他一有闲暇就拿一盒火柴到地堂那儿一根根地在我跟前擦着，或者他会将几根火柴围成一圈摆在地上，用一根去点燃这一圈，夜晚的话，火光会尤为明显，往半空上窜。我总会在旁边兴奋地欢呼雀跃。二婶空了的时候会在门口劈竹子，她三两下功夫就能将一大根竹子劈成一根根细细的竹篾。那是用来做祭拜的香的香骨。二婶的动作很利落，手起刀落，竹子便瞬间裂开，“咔”的一声。那声音很清脆，也很特别，我似乎无法从别的地方找到与其相似的另一种声响。如果二婶一个下午都在劈竹子的话，我可以一整个下午都在听。

直到现在，我都会时不时在脑海里虚构这两种声音，“吱”，“咔”。

小时候无意中发现，若将手掌圈成一个环形，围在耳朵上，可以听到一阵阵若有若无的“嗡嗡”的声响，成了我假想中的海风拂过的飒飒声。那时的我，还没机会见到真正的大海。

中学之后我就开始了住宿生活，学校坐落在郊区，那片区域还没被开发，芦苇丛生。教学大楼孤零零地立在一大片芦苇之中，校门口立了个公交站牌，只有一路公交车往那开。多少让人觉得过分安静，在冬日里，一声鸦鸣都会显得突兀。学校旁边是一个鱼塘，再往北边去一点是一条铁路，经过的大多是载货的列车。尤其在晚上，明显能听见列车哐当哐当地驶近，规律的节奏会持续个一分钟上下，然后渐渐远去，大概二十分钟后，便会再来一辆。彻夜不停。它一次次地试图打破这一片瘆人的安静，却又始终无法将其打破。

十六岁那年我从广东坐列车去北京参加一个写作比赛，那年高铁还没有开通，整趟旅程加起来得有二十二三小时。那时的我一腔热血，简单地觉得所谓的成功就在列车停靠的终点站。我在摇晃餐车上歪歪扭扭地写下了我第一本小说的提纲，错过了日出，看了一场落日，枕着铁轨上的当当碰撞声睡了一觉，看到流动的朝霞镶嵌在鱼鳞状的云中，然后，我到达了北京。冬天的北京，比我想象中要冷。比赛结束之后我坐了同一趟列车返回，估计是兴奋的劲儿早已消退，再加上舟车劳顿的疲惫，回程的路途让我觉得异常漫长。那趟旅程结束之后，似乎改变了些什么，但又好像一切都原封不动。像是夜晚里学校附近规律经过的火车，总也无法打破瘆人的安静。

晚上似有预感般地从浅眠中醒来，下一秒就听见火车呜的一声在不远处驶过。

A letter to You
Imperial
The Good Companion

雨水一盒

给S君：

展信佳。

伦敦已经奇迹般地三十七天没有下雨了，每天一早拉开窗帘，当刺眼猛烈的阳光一股脑地冲进卧室的时候，我都怀疑自己是否身处伦敦。前些天与你瞎聊天时你与我道过，你觉得你的人生一个月总需要个那么三两天的阴天，你的朋友说，你该去伦敦。

已经三十七天了，一月有余，这会儿的不列颠准保让你失望了。当然，我并没有掰着手指一天天数着晴朗的日子，倒不至于那么无聊透顶（心虚）。

关于雨的记忆，有好几个零零散散的画面，虽说连不成荡气回肠的片段，却也特别深刻。

前几天社交平台上读到一个挺逗的小段子，跟你分享一下。一北京人，跟来自台湾的朋友聊天，道：“我一直都对台风过境有着莫名的幻想，你会对沙尘暴感兴趣吗？”那友人斩钉截铁地说：“不。”

我还没去过你所在的城市湖南，想象不到你那边的夏天是什么样的。我所长大的城市是个广东的沿海小镇，夏天总会有名为“台风”的猛兽准点降临，它可以瞬间将沿岸蕉田鞭笞得体无完肤。记得初中毕业前夕拍毕业照那天刚好是个台风天，前脚最猛的大雨刚走，但仍旧淅淅沥沥。同窗们不知道是因为即将赶考，抑或是不舍别离，一个个都耷拉着，提不起劲儿。稍作等候，雨势未见减弱，并非什么滂沱与倾盆，更像是个坏掉了的浴霸，有一搭没一搭的。

学校安排的摄影师有点按捺不住了，提议一口气把毕业照给拍了。于是我们就这么伫立在毛毛细雨里，“三、二、一”之后留下了一张水汽氤氲且模糊不清的照片，上面定格了一张张看不出是喜是忧的脸。那是我初中最后的记忆了。

对了，还有一次在北非，那次我搭乘当地的私家车从马拉喀什一路驶向撒哈拉。因为路途太远，其间决定停驻一夜。我在那个至今仍想不起名字的小镇，见到沙漠中的雨。那日傍晚，我心血来潮租了辆四驱沙地摩托车想尝试一下。当然，有个向导带着我开进了沙漠。一眼望不到头的沙漠里，就我和向导小哥一前一后地骑着两辆摩托车。

偶尔回头看到远处芝麻大小的暮归的骆驼群被牵着连成一排，在延绵不断、上下起伏的沙丘上飞驰，那离心力还真叫人感觉痛快。我还没反应过来，天瞬间就变了卦，黑成一团，大片的沙瞬间朝着风的方向疾速移动。向导小哥大声呵斥我停下来，因为我们很可能会在沙流中翻车被埋起来。我们俩就那么站在沙漠中，雨顺着乌黑的云层坠落下来。

向导小哥说了句“终于下了”，或许这场雨是他期盼已久的。估计他自己都没意识到，他的眼泪不自觉地流了下来。

这两天又不幸感冒了，估计是热的。

记得去年差不多这会儿，我写了一篇关于感冒的东西，叫《七天》，你说你一口气看了好几遍。伦敦的雨的名声，丝毫不比这座老城小。若有机会，还真想给你捎去一小盒满满的雨水。

就此搁笔吧。

第一次给你写信，望海涵。

愿健康，无事，我们都是。

宇华

2018.7.18 于伦敦

夏日一撮

一声平，二声扬，三声拐弯，四声降。

总觉得夏天是存在感最强烈的一个季节，无时无刻不在蒸发的汗确凿地印证了这第一点。我们都用过各种声调去抱怨过热夏这来势汹汹的傲慢，却在春秋冬时对其无比地缅怀。

几乎所有夏天的特征都相差无几，天亮得特别早，朝霞稀少，白天渐渐变长，天黑的时间由五点到六点，再到七点半。

早上总会被因忘记拉上窗帘而穿射进来的阳光照醒，桌子上摆着红得刺眼的西瓜瓣，风扇无休止地嗡嗡响，无论城市还是乡村都有干瘪的蝉鸣——而那时候的我，总会死死抓着遥控器坐在电视机前面从早到晚看TVB的动画片。

离家不远有一个自我出生就有的老池塘，只种了荷花。

一到盛夏，老池塘就从畏畏缩缩的不起眼中突然变得傲娇与瞩目，一整片都是密密麻麻的荷叶，高低错落深深浅浅的一大片碧绿理直气壮地当起了夏天的最佳拍档，当然，荷花在这成片的背景色调衬托下也显得尤其的风情万种。我就和小伙伴们趴在池塘边缘，看一片片荷叶在微风中摇曳，被风吹断的一些荷花瓣耷拉下来，但也丝毫无法削弱半点儿它的娇艳。

池水平静下来的话，可以看见泥鳅在叶茎间钻来钻去，转眼一头插进淤泥里消失不见，它们都是很顽强的生物，我试过偷偷抓两条妈妈买回来要煮汤的泥鳅放进花瓶里养着，起初几天有喂点饭粒，到后来完全将它们的存在抛到九霄云外。一礼拜后，我突然记起，急忙跑过去看一眼，小家伙们依旧生龙活虎。

傍晚时分或者大雨将至，池塘上空便会布满盘旋的蜻蜓，当然少不了讨人厌的蚊子。我和小伙伴们试过摘下荷叶，像动画片里那样将其当作雨伞，事实证明，那样子不但遮不了多少雨，而且会弄得手臂起一个个很痒的小包。

记得有一次，我的一个伙伴小胖试图摘一朵荷花，他趴在池塘边使尽力气伸长手臂去够。在场的一个小女生看不过眼，大喊了几声“不要摘啊”，小胖丝毫没有理会，得寸进尺地更加卖力地去摘荷花。小女生一气之下将小胖一推——巨大的水花溅了开来。池塘没有多深，小胖子很快就从池塘里站起来，一脸怒气，头发上还挂着几道可怜的塘蒿。小伙伴们望着灰头土脸全身湿透的小胖笑作一团。

微风将一整个夏天都灌进了我们的鼻孔与耳洞。

那时的小伙伴们几乎都杳无音信了，我时常会想起他们，却发现已经不太记得他们的名字和相貌了。

很久没有回到曾经居住的那个小镇，去年路过旧屋的时候看见池塘已经被填平，盖起了一幢幢商品楼，若不是家人提醒了一下，我压根不会将眼前这一幢幢大厦和我童年的那个小区挂钩。旧池塘早已被填在水泥森林之下，连同我的那些肆无忌惮的小日子。

记得小学三年级的暑假，我约了一些小伙伴踩单车去了郊外，半个小时的车程，去找一间传说中的玩具厂。其实关于那间玩具厂的传闻，在放暑假之前就听说了不少小道消息，厂子生产的许多玩具都出口国外，吸引我们的是他们经常会将一些次品玩具扔到厂房外面。太阳毫不留情地将发梢烤得半熟，我们使劲地蹬着单车，热风刮过红扑扑的面庞。小伙伴们一路上在比赛谁先到达，小时候无论什么芝麻绿豆的小事都得争个你死我活，生怕落后，势必要拿第一的头衔，他们一个个嬉笑着从我身边掠过，年少如风，头顶上的天空悄悄地晃了一下。

正如传闻所言，我们到了之后，急忙胡乱地将单车往地上一放，便开始为满地的玩具手舞足蹈起来，可以清晰地看到地上那些堆积的石膏玩具，有些曝晒在日光下，有些半掩在泥土里。骑独轮车的小丑，蓝眼睛的洋公仔，手拿鲜花的小熊，水花中央的海豚，尽管它们都是稍稍褪色，或者缺胳膊少腿的次品，我们都如获珍宝，而且相约不要让外人知道。不得不离去时，单车车头篮子里已经装得满满的，我们在黄昏下放慢了速度，心满意足地沿原路返回。我赶在父母下班前回到家，偷偷摸摸地将它们藏在杂物房里，次日，我用洗衣粉和一个废旧的牙刷认真地将它们一个个洗干净，然后整整齐齐地摆在阳台上将它们晾干，我和小伙伴并排坐在露台上，甩着湿漉漉的脚丫，夏日的阳光拌匀了年少的味道，倾泻而下。

七八岁的小鬼是最渴望长大的。

当时为了满足自己长大的欲望，我趁父母上班的时候在家扮演各种各样憧憬的职业。用沙子炒菜的大厨，披着床单的帝王，戴着道具眼镜的老师。扮演老师的时候，让比我年幼的表弟表妹在木门前坐成一排，听我讲课，木门成了黑板，我用学校带回来的粉笔在上面写下简单的算术，或者工整的排比句，鸡毛掸子是教棒。我用教棒敲着门上的句子，假模假式地喊着“跟我读”。

从感叹“真怀念童年”开始，我们就这样，无意中长大了。

——喂，再见了，我的少年时期与夏天们。

——嗯，我们都得保重。

til death do us part

直到死亡将我们分开

誓言一句

一进门就看到地上堆满了一堆信件。

刚从一段不短不长的假期回来，飞机降落在伦敦盖特威克机场的时候天早就黑透了，伦敦用一场冰冷的雨郑重地向我告诫假期的结束。我脱下大衣抖了抖面上的雨珠，顺手捡起地上的信件，快速翻阅了一下。无非是银行账单，税局的信以及杂七杂八的广告宣传单，吃的为主。夹杂在中间的是一张照片，金发蓝眼的小婴儿，被打扮成一个粉嘟嘟的南瓜，帽子上还蜿蜒出一条小小的瓜藤。上面写着：亲爱的，这是我们的小南瓜，今年圣诞将是她的第一个圣诞节，也祝你圣诞节快乐，我们想念你，十分。爱你的，黛米和唐尼。

我把一年没用过的灯饰拿出来，掸了掸灰，挂了起来。嗯，一年都快过去了。

黛米是我在苏格兰最好的死党。

去年七月我接到黛米的邮件，那会儿我已经快两年没见到她了。从艺术学院毕业之后我便搬来了伦敦工作，她则留在了苏格兰当一个启蒙美术老师。邮件是一封婚礼邀请函，婚礼定在九月份，地点斯通黑文小镇。Stonehaven，我更愿意把它译为石之天堂，多美好的名字。九月份正好是伦敦时装周，那几天我焦头烂额地不停歇地工作，收工后马上拖着行李箱赶到国王十字车站，凌晨一刻发车。

从爱丁堡王子大街出站台的时候，已经是清晨六点多了。

苏格兰的夏天的日照时间来得更长，朝阳在凌晨四点过后便开始按捺不住了。

一夜未眠，在列车上枕着日出的和煦断断续续地给黛米写一封信，多半是对她往日干的蠢事玩笑般地念念叨叨，捎带上对她诚挚的祝愿，一并放进婚礼的礼物里。

仪式的场地定在一个郊外的密林，边上是当地的小农场。大榕树下整整齐齐地放了八排椅子，椅背上都绑着一小束满天星，简洁得很。

我推开门的时候黛米正在整理头纱，她丢下手里的花球迫切地过来和我拥抱。我警告她不许哭，一来她哭的话我必定会跟着哭成一团，二来仪式就要开始了，仪式前就把化了半天的妆哭花了不值得。大伙儿都被我的正经劲儿逗乐了。透过窗户可以看到宾客几乎都入座了，唐尼紧紧地捏着一张皱皱巴巴的誓词在那儿来回踱步。那天第一个哭的不是黛米，也不是我，反倒是平日里话最少的唐尼。他第一眼看见穿着白纱的黛米从农村的小屋缓缓向密林里走来的时候，便捂着嘴巴哭得跟个毛头小孩一般。

记得那天日落的时候林子安静得很，黛米和唐尼不急不慢地跟着牧师一句句诵读誓词，温柔而笃定。余晖顺着枝丫的缝隙穿了过来，化成一个个金黄的光斑稳稳地落在白纱与草坪之间。

“直至死亡将我们分开。”

水泥森林与长亭古道

在希斯罗机场登机时，我刷了最后一遍朋友圈，大家都在发伦敦下雪了。

图片与视频里面，雪花在路灯下尤为明显，反射出一道道暗黄色的光，缓缓飘落。

几乎每次出远门都会选择夜航，自欺欺人地觉得在机舱里面伴着单一死板的发动机轰鸣声，能好好地睡上一觉，然后精神抖擞地降落在下一个目的地。

然而，每每都事与愿违。我努力地探头望向机舱小小的舷窗，企图与伦敦的初雪对上一眼，四下是模糊的一片，啥也没看清，我就这样与伦敦的初雪擦肩而过。

飞机降落在广州的时候已经是次日黄昏，正如我所料，十二小时的长途飞行我啃掉了一本关于一战的大部头小说，以及重新翻了翻毛姆的《月亮与六便士》英文原著，接到社里的任务要重新着手翻译这本小说。

想来这本企鹅出版社二十世纪末出版的老版是我几年前在爱丁堡的旧书店里淘到的二手货，书页早就被蹭脏了，某些篇章也布满了前任读者的笔记以及折痕，与毛姆遣词造句中骨子里拗口的文艺劲儿搭得很。

那会儿的伦敦抑或巴黎都无尽期地笼罩在灰蒙蒙的雾气与蒸汽氤氲之中，头戴着艺术家高帽的作家与画家们说不定就在伦敦东南区某个拐角的酒吧，叼着根手卷烟，汲着烈酒或生啤谈笑风生。

那个时期的欧洲，诞生了一部部伟大的作品让人仰仗。

归心似箭，在广州工作结束后，我草草与团队的友人告别，一头钻进回乡的列车。

不怕你笑话，这是我第一次坐上国内的高铁。眼前飞速掠过的高耸入云的水泥森林以及车水马龙的城市尤为陌生，每次回国都会发现不可忽略的巨变，发展尤为神速。

我在想，每天都多少故事发生在这川流不息的城市之中。

我很喜欢清晨的故乡。

清早，在屋子里推开各个方位的窗户，第一时间映入视域的是葱葱郁郁的山木，无尽蔓延向四下，由远及近，深浅不一的绿色交织而成广袤的树海。

记得我第一次独自一人坐旧式的绿皮列车从广州出发去北京，二十二小时。那会儿我还张狂地在日志里写下了“每天都有梦想在心里头死掉”。

当然，日渐成长之后，我明晰地发现，只要有点儿摁不熄的火苗在心底，便可肆无忌惮地编织一个古早而又美好的梦。

长亭外，古道边。

我忘记了谁

英国人的交际，三句准离不开天气。

天晴时夸一夸，雨天则抱怨下，阴天的话只能硬着头皮把话题转移到气温上。伦敦近来的天气好得让人难以置信，我本以为回来伦敦之后让我一等一头大的事情是令人沮丧的天气，没想到是时差。

回国过了个春节，假期一结束便匆匆回到伦敦。那天抵达伦敦后已是傍晚，下飞机回家之后倒头就睡了，深夜两点多毫不意外地醒了，翻来覆去睡不回去，索性起来翻了一晚上国内扛回来的半箱子书。以前几乎不怎么会要倒时差的，时差这事四舍五入可以怪到年龄头上。算一算，已经九年没有在家里过春节了，不知不觉。

出国这么多年了，这几年才每年都会回家一两趟。但有假期的时间要么是夏日的八月，要么就是圣诞节前后的十二月。不凑巧地，错过了九个春节。说不想念是假的，近乡情怯，总觉得春节的味儿已经不复存在了，但是回家后换回那双年久了有点掉漆却熟悉的拖鞋，年夜饭的菜往圆桌上一放，呼朋唤友借着热闹劲天南地北地侃，还是那个熟悉的味道。

总归多情，刚离开就开始想念了。

一连看了几个日出了。

所住的小公寓是高层建筑，在南伦敦。客厅的窗对着伦敦的金融城，碎片大厦那个方向。远处密密麻麻的大楼里，暖黄色的灯会彻夜亮着，凌晨四点半的时候会陆陆续续暗下去。再过一个多小时，日出便慢慢地从那一团建筑背后透过来，参差地描出一条背光的天际线。一直以来都觉得下定决心去看某处的日出，比观一个日落来得更珍贵。若不是阴雨天，抑或在一个密不透光的空间里错过了傍晚时分，日落每天都在那儿，只是看，或者不看而已。而日出则需要早起去碰，也可能是一夜未寐而偶尔遇见。

小时候有几个玩得特别好的小伙伴，每年暑假总有那么几天聚在一起通宵打游戏或者看碟，凌晨四五点骑着摩托车到边上的山顶上去看日出。到现在也说不出当时为何要去看日出，脑袋一热就出门了，而且总在山里被叮得鼓起大包小包。那会儿的我们，一排少年愣愣地站在观景台边上，等着荷包蛋般的太阳从群山下蹦上来。

有个儿时玩伴，眼镜男。

我们两岁半就认识了，从幼儿园小小班开始，我认识他的第三年他就在鼻梁上面架上了一副厚厚的眼镜，眼镜上面还绑着一条红绳子，绕过后脑勺。当时班上只有他是戴眼镜的，他跟我说，他是先天性近视，当时的我哪懂这玩意儿，我只是单纯地觉得戴眼镜看上去很厉害的样子，我现在都还不敢让父母知道，我的近视很可能是因为幼年时为了戴眼镜而故意看电视坐得近一点，写字的时候腰故意低一点，现在回想起来，懊恼死了。

眼镜男俨然一副书呆子的模样，不过他很会讲故事，声调任意变换，扮小姑娘的时候是娇嫩的，扮大灰狼的时候是低沉的，每次学校的故事比赛都可以轻易地拿第一。他家的客厅粘贴着一张巨大的世界地图，他可以说出地图上面的任意一个国家，他说他最想去的国家是希腊，我清晰地记得当时我吞了一下口水，因为他说什么“辣”。每次坐校巴的时候，我俩就会挑窗边的座位，他对着沿途的风景编故事给我听，他指着那间五金店跟我说，那个老板是靠常年吃铁钉来维持生命的，我着实被吓了一跳，现在想起来，真傻。

某次他从单车上摔下来，右边肩膀骨裂了，一个多月，我都没有看到他来学校。后来我央求我妈带我去医院看他，我精心地做了张卡片，就像我之前想的那样，他的右手打着石膏，我见面就递上卡片，说早日康复，他说，很想坐校巴。不知怎么，我在医院里就莫名其妙地哇的一声哭了起来。

小学毕业之后，他就去了大城市很好的学校，我留在了原来的城市，便鲜有联系了，直到后来我俩前后脚来了英国念书。

我头一次去柏林的时候，某天和住当地的几个德国朋友约着喝一杯。从酒吧出来的时候，也没留意是几点。与友人道别之后才发现手机的电耗尽了，我凭借着记忆往酒店的方向走。我发现，大多欧洲的城市，入了夜之后大街小巷都长得几乎一个模样。我绕来绕去，越走越陌生，硬是没找到回去的路。最后实在没招了，在施普雷河畔旁找了个长椅坐了一宿，眼睁睁地看了个日出下的柏林。

室友搬离伦敦的时候留给了我一个锡做的摩卡壶，烧开了之后，蒸汽会将盖子吹得咣咣响。倒时差的这些日子，我都会在凌晨五点过后烧壶咖啡，看会儿电视，顺带看个日出。

小学的时候我有一个同桌，耳朵不太好使，要长期佩戴助听器。他嘛，课间的小八卦可以字字句句听得巨细无遗，但是一到上课耳朵就不灵光了，老师问的问题连半个音节都听不清。后来他告诉我，这叫“选择性失聪”。其实回忆也一样，我们都爱挑好的来记得。你看老一辈每回在忆当年的时候，无论故事的内容怎样贫困窘迫，情节如何跌宕不堪，讲的时候总是上扬着嘴角。并不是刻意在熬制心灵鸡汤，可确实是这样，说不定咱们多年后忆当年的时候也会不自觉地弯起笑眼。

久而久之，我们都学会了选择性失忆。

天气暖起来之后，伦敦大街上已有迫不及待穿上T恤短裙的少年少女。

真好，这城最棒的季节要来了。

那些老念着说一辈子都不会走散的人，如今都已散落天涯。

蝉依然很吵，我忘记了谁。

a favour?
nmend us
riends.
3,50
DANM
UOTIDIE
FRANÇ

与死亡干杯

【十】

暖黄的灯泡却发出冰冷的光，时间仿若停止。

暗红色的空柏棺被缓缓地抬进旧屋，哀悼的锣声一下一下。外公的四个子女跟随在柏棺后面走进屋，妈妈和小姨头绑着白纱，试图遮掩着憔悴的面容。平房浓黑尘封的屋檐俨然垂下，一切交叠起来如同一道道山峦倚叠的悲伤。月光索寞，若有若无地投射着这方小岛。

表弟是长子嫡孙。他借着月光的微亮探路走到河旁，舀了一些河水带回来，背对门口帮外公擦洗脸庞。外公静静地躺在旧屋厅堂最里边的床上，世界寂然无声。随后表弟装了三杯茶，轻轻地倾倒在红砖地上。

“阿爷，喝茶。”表弟喃喃。

“您一路走好。”

未能与至亲道别或许是许多人心里头一生中最遗憾的事，包括我。

在此之前我庆幸自己从未经历过亲人的故去，外婆在我出生前就已离世。平日从书籍电影里的人物身上，抑或是身边的友人身上看到他们与亲友隔世，可是，那时我只是皮毛上的感伤，根本无法切肤地体会到那一下突然袭来的悲痛。凌晨，东方未晞，却可朦胧地感受到日月天各一方，相隔得如此遥远，就像我此前认为死亡与我相距甚远一样。而今，我与外公天各一方，与死亡照面。我甚至连他的最后一面都来不及见。

旧屋前的一圈空地上坐着前来追悼的亲朋，钨丝灯的光线打在他们脸上，有熟悉也有完全陌生的脸孔，我多少能察觉出他们一部分人表情凝重，而剩下的却平静得很。遵循乡里的习俗，身为外孙的我在外公入棺之前不许踏进旧屋。我只能站在旧屋门外看着，里屋被层层亲友围着，什么都看不到。小姨的哭声从屋里传出来。我靠着两米高的木门，在边上悄悄地跪了下来，磕了个头，并没有哭。

二〇〇九年八月十七日，外公在人间度过了七十四个年头之后逝去。

再见，外公。我悼念着。

【九】

接到父亲电话的时候我正在寄宿学校上晚自习，那年我高三，正值八月补课。

挂下电话之后我抓起书包走出课室。我一路往公交站跑，门卫试图将我阻拦吼了两声，见我不理会便只好回到了值班亭，像什么都没发生过一样。最后一班公交的时间点早就过了，我顺着一排直直的路灯往市区的方向跑。学校在郊区，离市区十几公里。我只能到了市区才能坐上回外公家的小镇的长途车。我前前后后顾盼冀望看到有车经过，脚下的影子被昏萤的路灯缩短又拉长。入夜以后的郊区，冷清得很，许久才有一辆装满货物的泥头车经过。

我坐在花基旁，等着。

我将耳机塞进耳朵，试图平复慌张。耳机里头唱："雨后的城市，寂寞又狼狈。"

汗水黏着衬衣紧紧贴在胸前与后背。

不凑巧，迎面撞来的风夹带着一只只小虫冲进了我的眼睑，以至于差点就错过路过的一台出租车。我连跑带喊地叫停了出租车，跳了进去。沿途寻常风景。路旁的芦苇被夏夜的风抚乱，全部往着一个方向倒下去，像翻滚的波涛，无垠的空旷。有一刻我觉得自己要在这巨澜中昏睡过去。

一个多小时之后我与表姐在码头碰面。此刻渡排已经停渡了，我用力敲响了码头上的铜锣，入夜后想摆渡的话只能敲铜锣通知下了班的船家。几分钟之后停靠在码头上的一条渡排亮起了灯，我们坐着小柴油渡排摇摇晃晃地驶向对岸。

借着船上的灯光，我看见表姐的眼神也一片慌张，怀里抱着外公的旧衣。她在几个小时之前目睹了外公的故去，过来接我顺道回镇上的屋子带些东西回岛上办悼礼。下船之后我们摸黑前行。月光时而隐匿在云絮里头，整条小道都陷入浓重的暗。平日几步之遥的小道却显得如此的漫长，迈步艰难。

到了旧屋门前，二舅舅走过来拍我的肩膀。陪着你的母亲吧，他对我说。

我看到眼眶红肿的母亲坐在屋里的一角，手里握着杯茶。

【八】

那阵子我在学校补课期间时不时便点开手机，偷偷盯着暗下去的屏幕。

其实医生早就告知我们外公所剩时日无几，家人们商量之后决定把他接回岛上旧屋里，走也得在熟悉的地方安安稳稳地走。我畏惧于手机突然的振动，又生怕信号不好疏忽间错过了什么东西，譬如生与死。

晚自习时裤兜里的手机突然间振了起来。

“外公走了。”

我盯着闪动的手机屏幕，许久才偷偷躲到书堆下接起了电话，电话里父亲简短地对我说。家人答应我如果有什么苗头定会第一时间通知我，那时候我还信誓旦旦地以为自己还能见到外公的最后一面。

【七】

外公在故去前的十来天以前，离开了病房，撤掉了所有医疗器械，回到了祖屋所在的小岛。我从学校请了两天假去探望外公。他躺在木板床上，眼睛一圈圈地扫视旧屋的陈设，那里是他出生成长的地方。从何而来，顺何而归。八月份的炙热的空气，足以蒸得眼睛生疼。

癌细胞却在高温中不断不断地侵蚀着外公的肌体。他时而声声叫痛，时而口齿不清咿咿呀呀地在说些什么。舅母开始喂一些有强烈安眠作用的止痛药给他吃——那是外公临出院的时候医生给舅母的。我们在他昏睡的时候每隔一会儿便叫醒他一次。我站在床头轻轻地叫喊他，外公，外公。我看见了他干瘪的身体，手脚都瘦得只有原先的一半不到，面庞过度棱角分明，眼廓深深下陷，他愣怔地看着我。我却一时慌了，看着眼前的外公不知所措，什么也没说上。

母亲自从外公回到祖屋之后就没有再看过他一眼，她不忍心看这般模样的外公。然而，外公的一动一静她都无比关注。

那会儿外公还是有清醒的时候。有一回小姨问他记不记得她是谁，外公却开始动怒。“不记得你还算是人吗”，外公是这么说的。后来有些亲朋过来探望外公，偶尔有人谈起类似的话语，外公便会愕然发怒，他不会批评亲朋，却骂门外的我的母亲，骂她带一些乱七八糟的人来。

其实我们都知道，外公在极力证明自己还是很清醒，他同样也在发怵，害怕面对死亡。

几日后他便开始神志不清，喊着离世外婆的名字叫她关照他，带他走。

外公在最后几天里对他的四个子女说过唯一一句清晰的话语——

“你们兄弟姐妹间要和睦，要多聚。”

【六】

天穹蒙尘。

在外公离开医院搬回老屋的时候，一位年纪较大的亲戚跟我说，你外公已经一只脚步入了死亡。

北岛先生在《与死亡干杯》里面写道：生死之间，这一步有多远？

【五】

小时候曾几次在梦魇中经历身边的人离世，那是虚假的梦境而已，可是我却哭着从梦中挣扎着醒过来，醒来之后依旧无意识地泪流不止，一身冷汗。那感觉，如同被四方昏黑的海水渐渐淹灭，又或者像从疯狂奔腾的马背上突然坠落。

一次探望——外公还是在医院里，他突然间对我们说起一个陌生人的名字。外公讲的那个名字我现在记不得了，只模糊地忆起有个“蓉”字。母亲说几十年来他从来没有提起过这个人。在外公话语里，得知那个人旧时与外公有矛盾，同是一乡的人，许久以前就搬离了这里，去了另一个城市。

“如果能找到的话，唉，真想道个歉。”外公说这话的时候一字一顿，衰弱的身体经不起丝毫的挪动，细微的动作都会让他疼痛不已。

家人尝试了很多方法，始终联系不到这个人，外公有些许的失落。

他开始抓住每一个到病房探望他的子女或者媳妇坐下来听他顿顿挫挫地讲述过往的事，直到我们不得不起身离去的时候，他才低声地说：“哦，那你先走吧。”

他侧躺着面向窗台，落满一地的失意。

他在过分安静的病房中，忆起之前的一个个细微过错，在人生的棉絮被子中，寻找一道道口子，然后逐一缝补。生命的大饼被切成三份，一份傲，一份平淡，一份悔。

【四】

外公在病房里每日都要打好几种点滴和注射各类药物。

“用来吊命的鬼东西。”——外公这般形容那些形形色色的药物，因为他丝毫不情愿自己的一命之线就这样孤立无援地吊挂在药物上。每次医生护士进来打点滴的时候我们都会回避，暂时退出病房，大家都不忍心看到外公如此煎熬如此受折磨。那天我站在病房外，听到了外公的低喃。

“排除万难，艰苦奋斗。”他自己低声激励自己。

那时我不能自控地无声落泪，外公他们这一代人经历的痛苦与患难是我无法去虚构去想象的。外公扛起家的责任然后步步艰难地走着，晚年能安度时，却被突袭的病殁缠身。

活着，直到下一个春天，直到下一个十年。

既然见到了子女们都成家立业，也想亲眼看见他们有朝一日能飞黄腾达；既然见到了儿孙们呱呱落地，也冀望看着他们茁壮成长；既然见到了祖国的成立，也想见证她能屹立世界之巅。他想见到的还有很多很多。

病房中的他，想要这个世界眷恋他、挽留他多一点。

【三】

八月三十一日，外公动手术的前一天晚上，我在回学校前去看望他。

“害怕吗？”我问他，可是他长久的沉默让我极度后悔自己鲁莽的发问。试问谁可在死神的面前能安心地抛下所有，然后欣然与其对饮？

他终究没有正面回答我，他只同我与他的其他几个孙儿说，要用心学习，孝顺父母。

九月一号，外公的手术从早上八点做到下午两三点。后来父亲告诉我外公在被推出手术室的一刻醒了过来，他问时间，父亲欺骗他说才十来点。外公那时才放松下来，如同跨过了一道荆棘密布的荒原，说，那挺快的嘛。

那晚我离开病房的时候，外公突然伸出了他的手，我毫不犹豫地拉住了。在与死神对弈之前，谁都会变得孱弱。我发现这么多年来都未曾试过好好地握住他的手，尽管布满老茧，但却如同一个能无限量地包容我的广袤的海。

一刻间，手心悄然开出了一朵娇艳的花。

【二】

其实外公早就察觉到自己身体的不适，但是他避免劳烦子女们便到小门诊草草了事。在家人发现他的不妥，执意让他到医院去检查时，才发现是直肠癌，癌细胞已经扩散。尽管到了那时，他还是倔强地说你们年轻的不要为老人太奔波。

记得小时候在外公家住，会在六点多天空蒙亮的时候一骨碌爬起床，跟他到外边茶餐厅喝早茶。每次在茶楼坐下，他都会叫店家将他存在那里的一瓶红米酒拿出来，倒出几两酒在茶杯里，然后又将那瓶酒存回柜台。就像人生所储的记忆，在闲适的时候拿出来慢慢回溯慢慢品。

只见外公拿起茶杯呷了一小口米酒，然后吃上一口菜，半眯着眼睛露出满足的面容，轻叹一声“啊——”。

外公也跟我讲过他生长的那个小岛的故事，他说那时候包拯还在这里做知县，一次渡西江时，突然间狂风怒号，巨澜翻滚。包青天淡定地拿出百姓赠予他的一块用黄缎包裹的墨砚，然后将其扔进了巨浪之中，很快浪就平定了，几百年后那个墨砚变成他所生所长的砚州岛，而那块黄缎成了砚州岛旁边的一个小岛，叫作黄埔沙。外公讲到包拯将墨砚扔下海的时候，做了一个扔的动作，我会心一笑。

他有许多老人都有的习好——早餐之后戴着老花镜在暖阳下读报，再晚点的时候到楼下与其他老人一起搓麻将，午后躺在床上听收音机，雷打不动的六点半晚间新闻一定要看。

一切井井有条，不紊不乱。

镜清，外公的名字，多美啊，像铜镜般清澄。

花间一壶酒，谁与您对饮。

【一】

外公离世之前家人商量着让他喝几口小酒。

可是那时神志恍惚的外公已经无法沾酒了，甚至连张嘴睁眼都是件困难事。

死亡穿过涌动的人潮，穿过无垠的海面，穿过记忆的森林来到他的身旁，举起酒杯，轻声呢喃。

——干杯。

——还有，晚安。

以最冗杂的形式

伦敦的冬天，或者早春，没完没了地下起雨来的时候，真让人喜欢不起来。指针“吧嗒”一声指向了“12”，屋子里的人已经开始互道“新年快乐”，不远处威斯敏斯特那边的半空中绽开了烟花。我站在窗台，自以为是煞有仪式感地划了一根火柴，又愚蠢又好笑的举动。

又一年了，我想。

很多时候，记忆是以最冗杂的形式被翻看。

火柴与火柴盒，微妙的躯干在沉迷中记录着时光的足迹。或者说，是每一个时代的产物。每一道划在火柴盒侧面的痕迹，都有可能潜藏着历史的斑驳。

今年圣诞收到了挚友送我的一套火柴，在市面上并不鲜见。意大利制造。一共八个几寸大的盒子上面印着美国画家Charles Wysocki的名画。这套画有个清新的名字叫“CAT TALES”，猫咪的故事。在树梢上、在茶几上、在沙发上、在被窝里、在壁炉旁躺睡着一只只惟妙惟肖的大胖猫咪，以慵懒的姿态诠释着恬静的舒适感。每一幅画，每一个火柴盒，都似乎在无声诉说着娓娓动人的童话故事。

每次拿出这套小巧的火柴盒看的时候，都会硬生生勾起我的很多回忆。

猫咪的故事，我的孩提时代的故事。

很小的时候，我假期都会回到偏僻的山区家乡度过。当时灶头上放着几盒火柴，我每次都会偷偷拿去玩，然后扔得屋子旁边满地都是火柴杆。奶奶看到便会严厉地教训我一顿。有一次，在玩火柴的时候，我一不小心将二叔堆积成锥形的稻草堆给烧着了。我急忙踩在上面试图奋力将火踩熄，可是在烈阳与燥热的空气下，火势不但没有减弱，反而是更加猛烈。最后，我连拖鞋也来不及拿回来就跑开了，剩下一大堆稻草杆在火势下迅速蔓延燃烧，最后只余灰黑色的余烬，浸染了脚下一大片黄土地。

我当时很着急。

晚上大人吓唬我，把我关在了屋子旁边的柴房里。入夜后，山里会传来许多动物鸣叫的声音。田里的蟾蜍低吟，狗吠，鹅叫。那时我一个人蹲在黑暗的柴房里吓得要死。如果在黑暗里莫名繁衍出来恐惧时，突然顺手抓住什么东西，都可以寄托、倾泻出所有彷徨。当时我抓了抓口袋里的一盒火柴，在进行了很久的思想斗争之后，我决定点燃一根火柴。我一边担心会不会烧着旁边密密麻麻堆积起来的木柴，一边又安心地用着丁点的火来驱逐四下寂静的恐惧与黑暗。我一只手小心翼翼地捏着火柴，另一只手放在膝盖上紧紧地攥着如同救命草一般的火柴盒。

当我醒来的时候，已经安稳舒适地躺在床上。我下意识地抓了抓，左手还是紧紧攥着火柴盒。对于我来说，是很深刻的记忆。

由火柴盒的点线引申而出的强大磅礴的感觉。

如今我看到火柴盒都不免想起这件小事情，小记忆。不免有少许怀念，还有少许安心。

一毛钱一盒的火柴在我五六岁的时候算不上奢侈品，却也不会觉得很廉价。当时的火柴盒仅仅是土黄色报纸皮做成的，正面贴着一张黑色的纸片，上面印刷着两个大红刺眼的字“火柴”。没有生产厂家的地址，也没有质量保证，甚至除了“火柴”两个字再找不到第三个字了。每逢遇到潮湿的天气，很多盒火柴就会报废。现在已难以找到这样简陋单一的火柴包装了，甚至现在都没有多少人会用这一盒盒的小东西。

如此不显眼的火柴盒，也许沉淀着村里户户村民铭刻的回忆。

收购禽鸟羽毛的老伯边走边喊“鹅毛鸭毛换火柴”，他们用钱或者火柴来换取鹅毛鸭毛。到了过年过节的时候，如果我们家杀鹅杀鸭的话，我会积极地帮大人们收拾禽鸟的羽毛，然后用一个大袋子装好拿给那个在小巷里大声叫喊的老伯。一般我都会“打斧头”，只换一两盒火柴，然后拿剩下的钱去买糖吃。

糖对于少时的我来说很重要，相比起来，火柴也占据着不大不小的位置。

对于很多收藏家来说，他们的收藏品不一定拥有市面上最最高的价值。但是，珍藏的那一件件小物品可能暗藏着许多没齿难忘的深刻含义。

我很喜欢收藏火柴盒，不在于有多高的价值。

相反，现在很多人都看不上眼的小火柴盒，对我来说却埋藏着很多难以磨灭的记忆。许多铭刻的记忆不会随随便便就销声匿迹，而因为某件信物的抛引，它们会随即在脑海里翻腾起来。从威斯敏斯特蔓延开来，周遭的 片屋顶上都放起了烟花，一星半点儿火苗腾空而起，在半空盛放。

所以。

所以啊——

火柴盒以最简陋单一的形式，刻录下我儿时最冗杂的记忆。

世界没有尽头，有我

我一个人跑到了苏格兰，一住就是五年有余。

初次听到Skye这个名字是我刚来苏格兰不久，我接到的一个课题需要研究苏格兰传统文学。天空岛，多美的名字啊，这个世外桃源不但承载了高地少女弗洛拉与查理王子的凄美故事，更甚于村上春树笔下的世界尽头。

住在苏格兰的时候，我习惯了在周末的夜晚跑到楼下街角一家叫“肯尼”的酒吧待到午夜过后。酒吧里热闹得很，大多是二三十岁的青年人，忙碌地工作了一周之后赶在周末出来尽兴一下。那里有驻唱的乐队，主唱是英伦味儿十足的男生，下巴上留着一小撮褐色的胡子，眸子是蓝色的。他们总是唱冷门的慢摇，有时是喃喃自语的骚灵音乐。酒保是从希腊来的女生，大学毕业就留在英国，也有四五年了。我通常只是点一杯啤酒，或是一小瓶蓝色的低度伏特加。当酒吧冷冷清清没什么客人的时候，她就详细跟我解释那些特调酒的成分。就这样，我懂得了调制长岛冰茶、白俄罗斯特调，还有塔里巧克力橘子酒，也认识了每周必到的常客——一对意大利的情侣。我必须仔细听他们浓重的意大利口音的英文才能听懂。当碰到好事情，抑或是不错的笑话，我会学着他们将右手放在嘴边轻轻亲一下，然后举起来，用意大利的腔调大喊一声“Bravo”。

某天，乐队唱了一首伴着规律鼓点的歌。曲终之后，我跑过去向主唱问歌名。周遭很吵，加上主唱说话的口音很重，问了几次之后还是没能听清楚他在说什么。我问调酒师要了一支笔，主唱在我的手心里歪歪扭扭地写下了歌名。

有时候有什么重大的足球赛事，酒吧里就会挤满密密麻麻的球迷，我尽量学着他们一样认真地看球，进球时欢呼，大喝一口啤酒；输球的时候咬牙切齿地拍大腿，用地道的英文骂几句无关痛痒的脏话。这些我都统统学会了。

我试图用尽全力融入这一个个热闹的夜晚。那些与朋友，甚至是陌生人共度的苏格兰的夜晚都是我留恋的，在陌生的城市里，去四处寻觅可怜兮兮的一丁点儿归属感。只是在心底深处的疙瘩上面，一遍遍地刻下那些落寞与委屈的时刻，找个地方去度过长夜。哪儿都好，万千般不愿意回到那空荡荡的公寓。一个人的时候，我又情不自禁地在思念，那种感觉难受极了。

那个夏天，我又一个人跑到了天空岛。

汽车北上，驶离了我住的那个小镇之后，可以明显地感觉到房子逐渐变少，间隔渐远，狭长的车道两旁是大片无垠的绿与蓝、密林与大湖。

世界尽头这四个字不同于末日，于我而言它是美好的。它或许需要穿过无尽的城市，或许隐匿在万丈的大洋之底，或许只是梦中的一个结界，又抑或是封藏在冰原的深处。

我本以为蓝和绿就是两种颜色而已，好比说天是蓝的，树是绿的；海是蓝的，草是绿的。当我在高地放慢脚步的时候，才真真切切地觉得绿不仅仅是一种颜色，而是无数种。

它会以毫无预兆的形式或者姿态出现在你的视线里——一望无垠，深深浅浅，永不重复的绿与蓝。绵延无际的天空岛会让人觉得渺小。当然，渺小在这里不是一个贬义词。

在万年不变的大河大山面前，你会意识到独立的个体是如此微小和脆弱，而正因为意识到渺小，才会有强烈的存在感。

这种存在感，对于我来讲是很珍贵很珍贵的，并没有多么高大上，只是单纯地对“活着真好”这四个字的了解更深了一点点。

世界如同被拔掉电源一般，四下静谧，除了耳旁簌簌的风声。几天下来的走走停停，让我们早已有些疲惫，可还是咬着牙爬上了陡峭的顶端名为老人石的那座山。

山底下的松林已绵延成一整片均匀宜人的绿，勉强还能看见星星点点正在移动的黑脸羊和高地牛群，环岛公路细得只剩下一条线，再远点便是大海了。

四周渐渐起雾，正如其名，整座岛此刻就是腾空在云顶的岛屿。永恒，却孤独。日光渐散，脚下的潮汐一下一下地拍打着断崖。

世界应该是没有尽头的，可是有我。

我想。

在我成为独行侠之前

独行侠起初并不觉得自己是个什么“侠”，只是在做着“独行”这事而已。

不过故事的起源应该从更早之前的汤姆讲起。这么说吧，汤姆它不是人，它是一只猫，而且是只闻名于大街小巷的猫。在我年幼时科技先生还并没有那么高冷，如今的小屁孩都被这股高冷的气儿给熏着了，只顾对着手机屏幕上的一切。

在我们“电视拌饭”的年代里，暑假最常干的事就是头顶着四叶吊扇，啃着泡过冷水的西瓜吐着籽儿，跷着二郎腿从早到晚盯着电视看。那只叫汤姆的蠢萌的猫和老鼠杰克绝对是与四驱兄弟并驾齐驱的大明星，当然，也少不了尔康那一拨人。

过去网络还没有那么发达，至于暑假结束电视台砍掉滚动播放的动画片之后，再要看到汤姆杰克这两个小伙伴就只好等一年。在我一哭二闹三上吊地再三恳求之下，我妈终于妥协给我买几片汤姆与杰克的盗版碟，当我按下播放键的一刻，三观刹那间灰飞烟灭，汤姆讲的竟然是英文，英文！虽然难以置信，但是这在我幼小纯洁的心灵中硬塞进了一颗偌大的种子，竟然连那只万年都抓不到老鼠的笨猫汤姆都能操着一口流利的英语，那我再不好好跟这二十六个字母打交道都说不过去了吧，在接下来的九年义务教育里面，估计英文这一门是我学得最起劲儿的。

记得高考完了的那个夏天，我下定决心去考雅思，光有雄心壮志却无从入手，于是便跟着大部队报了一个雅思班。当时我们班上的同学都戏谑地将其称为“烤鸭班”，的确如此，你看那烤鸭油香四溢、皮脆柔嫩的，殊不知烤鸭本人在烤箱里被翻来覆去炙烤是多么的无可奈何。正好像当时的我们，光鲜亮丽地着手准备飞向另一个半球去留学，但现实里却都是摊在锈迹斑斑的平底锅上的荷包蛋，还不放油，就两字，煎熬。晚上在家里也是开着电视，让它随便出点声音，自己埋头死命做剑桥雅思的真题，那会儿连说梦话都能成篇成篇地背作文范文。

考完雅思的那个晚上我看了一部电影，里面有个冷笑话是这样的，有一个虔诚的教徒每天都祈祷上帝让他中乐透吧，可是到他离世的那天都还没有中过半毛钱。上了天堂之后他问上帝，他这么诚心地祈祷难道上帝没听见吗？上帝笑笑说，我听见了，也很想帮你实现，可是亲爱的，你至少也得去买一张彩票啊。片子名叫《美食、祈祷和恋爱》，电影里面茱莉娅·罗伯茨在她低谷时毅然买了三张机票，去重新上路。雅思成绩单下来之后我给自己买了第一张单程票，目的地是英国，苏格兰；

这样就开始了我的独行之路。

张爱玲那句被人反复嚼过无数遍的话是这样的，生命是一袭华美的袍，爬满了虱子。这么说未免悲观了点，我觉得生命不是这样的，只有年少才是。

出国这事也是我跟家里一遍遍面红耳赤地理论争取来的。我不像爱因斯坦所说的“我喜欢出发，但不喜欢到达目的地”所形容的如此深奥浪漫，我纯粹就是待腻了，努力争取换个地方活一下。

出国的第一个夏天我打工攒够了钱去了趟罗马。我在罗马的青年旅舍认识了两个来自柏林的年轻男生，费比安和马克。经过一天的在罗马的各种古城废墟中马不停蹄地暴走之后，回到旅舍后我已经像一个被大胖子一屁股坐瘪的气球，累瘫了。我拿着手机在青旅聚客厅蹭网，那儿是整个旅店唯一能够接收到无线网络的地方。两个男生坐在窗台旁边拿着一次性塑料杯喝着酒，有一搭没一搭地聊着天，他们穿着T恤短裤夹脚拖鞋，身旁是两个半人高的巨大行囊。七月中旬的意大利，已经完全浸泡在盛夏燥热的空气里了，而入夜后的罗马，在昏黄的灯光下，一座座白天尽显庄重严肃样子的磅礴建筑，此刻变得安静而孤独。

相聊之下知道费比安和马克是刚刚高中毕业的死党，赶在奔赴不同城市上大学前的最后一个暑假在欧洲各个国家转上一圈。他们热情地盛了一杯酒给我，我呷了一小口，有点冲的酒精味儿让我半眯了眼睛。他们噗地笑了下，随后跟我侃侃而谈中学这几年在假期里游历过的城市。

“看这个文身。”马克转过身给我看他从脖子延伸到脊背的文身，几行哥特体英文，“这是我奶奶的全名，和她常说的一句话‘Miles to go’，我们在美国德州玩儿的时候，在酒吧里认识了一个纹文身师，几杯酒下肚之后她说愿意无条件给我文一个，我想，为什么不。”

“前年暑假快结束的时候去了新加坡和香港。在香港过了此生第一个中秋节。”马克接着说，“甜的月饼挺好吃的，只是里面的蛋黄尝起来咸咸甜甜怪怪的，猪肉和坚果馅儿我就不喜欢。”

可怜的五仁换了个名字在老外面前还是碰壁了。

“对了，我们还在澳洲东岸潜水的时候碰过鲨鱼。” 马克说。

“并没有，别瞎扯。”费比安打断了马克，他说，“那天我们跑去潜水，在离岸挺远的海域浮潜，接着突然间听见岸上的警笛声，我隐约看见岸上的救生员在挥着红色的旗子。我们便往回游，后来得知是那一片海域来了几条鲨鱼，并没有亲眼看见，不过那次把我吓坏了。”

“这趟旅程一天只能花四十欧，两个人加起来。”费比安跟我解释他们为了走更多城市，不得不节省本来就不多的旅行预算，“昨天我们从里昂坐了一整天火车过来，到达的时候已经是深夜了，我跟马克说算了，这个点找旅店也不容易，我们就窝在车站候车厅里面待了一夜，旅客们拖着行李箱来来回回，我们一整夜压根儿没有睡，可是昨天的预算里剩下了点钱，今天便跑去买了一瓶酒慰劳下自己，店家说这个是比较好的酒了。”

“来，干杯，致旅途和新朋友。”我举起杯子与他们相碰。

说来奇怪，和陌生人聊天，我们更愿意敞开心扉。分别之后无非就是，后会无期。

我讶异于这两个年仅十九岁的男生竟有如此精彩丰富的背包客经历，我悄悄地记下马克的奶奶说的那句话，miles to go，翻译过来语气不同便会有两个意思，怎么还有那么远的路，抑或是，走吧，前方的路途还远着呢。一直都倾向于后者，有路可走是一种庇佑，就像我之前看到过的一句祝福“但愿你的旅途漫长”。

于是，“Miles to go”也顺理成章地成了独行侠的信条。

说来你也不信，独行侠冠上如此响当当的名号只是为了走夜路不怕黑。不过，独行侠并不孤独。

放心吧，我们会再见的，平白无故又怎么会后会无期呢。

你好，旅行者。
你在哪儿？
喜欢什么？又害怕什么？

自问自话

■ 你好，独行侠?

答：别别，叫宇华就好，或者Kelex，伦敦这边的朋友都这么叫。

■ 既然不喜欢别人叫你独行侠，为何又如此自诩?

正如我之前说的，只是为了壮胆罢了。并不是什么侠，像是在掌心里写个“勇”字一口吞下那般，暗自头顶个“侠”字就是像拳心里握着一把无形的剑，依仗它走天涯。

你在哪儿？过着什么样的生活？

我十九岁只身前往苏格兰留学，一待就是四年。

毕业那年，我坐了一趟长长的列车，从北到南，苏格兰发车，终点站伦敦，从此便定居生活在这里。

记得第一次到达伦敦的时候已是日落之后，入了夜的伦敦从张牙舞爪变得温驯而静谧。那时的伦敦早已起了冷意，风顺着衣领“嗖”一声灌进胸膛。

如何形容伦敦？

老说，如果你厌倦了伦敦，那只能说你也厌倦了生活。

当然，我没什么必要炒冷饭般地给你讲威敏寺的恢宏，塔桥的壮观，大笨钟的别致，更别提白金汉宫的金碧辉煌了。这座城市更让人着迷的是它的包容，以及它所包容的形形色色的可爱的人们。

常常跑到高层的建筑或者天台上俯瞰这座城市，看来来去去的行人。就这么怀揣着惴惴不安的窥探心理，观察这座城，好好看看那些人，或者那个人，说不定能与他们再靠近一点点。

■ 喜欢伦敦吗?

当然，没法不喜欢，它总是变着花样地将你“灌醉”。

■ 比如说?

比如说，熙熙攘攘的复古集市上，带着浓浓英腔的花摊老板在你买了绣球花之后，会再送你两束百合。

比如说，在入夜后的酒吧里与陌生人一次次忘情地碰杯，天南地北有的没的乱聊一通，不时地像认识了八百年似的投契地大笑。

比如说，雨后的晚霞将整座古老的威斯敏斯特桥浸染成迷人的金色，看尘埃荡涤，看脚下泰晤士河汩汩地流淌。

比如说，养成习惯总会在随身的袋子里放一本书，一开始很大程度上是因为行进中的地铁没有任何信号。某天发现我的帆布袋子很久没洗了，放进去的书总会在书页一侧磨出浅浅的几道印子，这样一来就知道哪些是在路上看的了。

比如说，喷了新的须后水出门，在列车月台上，一个穿得很酷的英国老太太跑过来摘下耳机对我说，你闻起来真舒服。

比如说，街旁的恋人们肆无忌惮地相拥、亲吻。

■ 通常在什么情况下会有想要去旅行的冲动?

自小到大都是一个坐不住的人，小时候被许多人形容为是那种典型的“过动儿”，所以一旦有机会就想往外面跑。并没有什么冠冕堂皇的大理由，只是有时候，觉得一个地方待腻了，或者生活变得无趣与重复，条件允许的情况下，出去走走，缓冲一下。

■ 行囊里面都装了啥?

必备的话，几套换洗的衣物，两台平时用得比较顺手的相机，胶卷十卷，一台陪伴了我五年的随身听，里面有我舍不得删的几百首歌，一个小音箱，一本轻便的记事本。

■ 怎么策划一场旅行?

不做太详尽的旅行计划，要去的城市、交通、住宿等还是要提前准备好，但是我从不计划今天去哪个景点，明天去哪个博物馆，诸如此类。没有期待就不会失望，不是吗?我知道这样说起来有点孬，只是为了害怕失望就不作期望。但是往往就是因为毫无计划，才能真正的随心而行。当然，也不止一次试过因为缺乏行前准备而导致整趟旅程都一塌糊涂。这得敢赌，反正我也没啥可失去的，我敢。

■ 出行必备的元素?

刚才提到我有一台陪伴了我五年的随身听，破破旧旧，有时候还会无缘由自动关机。我有个十分偏执的点，就是无论如何出发前都会为那次旅行准备一个播放列表，选十来首歌，以旅行的目的地命名，在那趟旅程中循环播放。随身听里面已经积累了这样的播放列表不下十个，每次重听那个播放列表，犹如把我拉扯回那趟旅行的目的地。

■ 最近一次出行有没有发生什么计划之外的故事?

前阵子和友人去了趟阿姆斯特丹，本来就没有多少计划，但是有个事儿还是蛮有趣的，跟我同行的一位友人像是突然被丘比特射了一箭，无防备地恋上了一个一面之缘的旅人，暗恋，试图寻找那个一面之缘的旅人表白。那是另一个故事了，以后有机会慢慢跟你讲，哈。

■ 有没有哪个城市，你一去再去？

当然。天空岛和佛罗伦萨并驾齐驱。

我能想象自己年纪大了以后，在天空岛山里头找个小房子住下来，养条大狗。或许只身一人，或许有伴。

而佛罗伦萨更多的是承载了许多我念念不忘的记忆。

第一次去佛罗伦萨的时候跟我一起去的人早就没有什么交集了，但是那趟旅程成了记忆里举足轻重的一段。就像我们童年时候特别喜欢的一种街头小吃一样，长大后你常常会心血来潮去找寻那个味道，但是做的人变了，吃的人味蕾也变了，一次次找寻，也就一次次失望。佛罗伦萨于我，多多少少就有这种感觉。一而再，再而三地固执地前往，试图找寻点心里头怀念的东西，每每又总是得到个空空落落。隔一阵子后又不死心再次前往。屡战屡败，没准说的就是我。

说不定哪天就不想去了，就再也不去了。

■ 你见过你小时候梦想的美好世界吗？

太小的时候，那些天花乱坠的奇妙想法多半都不记得了。

初高中的时候我想象里最棒的生活环境是有山有水，有阳光也有夜灯，有雨，但晴朗不会久久缺席，能随时去看海，能有好友一起喝酒吃肉。周遭的环境和人包容性强，能干着自己喜欢并且稍微擅长的事情，并且生活不大起，不大落。

如果以这个为衡量标准的话，我可以很果断地回答，世界还不错。

■ 喜欢什么？

喜欢在陌生的城市里找熟悉感。

■ 害怕什么？

害怕离别。与其说害怕，其实说讨厌更确切一点。

■ 如今你仍是一个人吧？

嗯，但我坚信，我会在我喜欢的城市遇见一个人。

毫无缘由的信誓旦旦听起来多少有点可笑，我期待那天的到来。我想，年轻的时候我们可以泡泡吧，认识来自天南地北的人；年迈时可以去看个剧，喝杯茶，逗逗狗。当然，我们依旧可以在大街上旁若无人地牵手，拥吻。

因为一个人，而更爱一座城。